SUR LES BALCONS DU CIEL

Sophie Rouvier est écrivaine. Autrice de six romans sous le nom de Sophie Henrionnet, dont *Vous prendrez bien un dessert ?* (paru en version poche aux éditions Charleston), ou encore *Plus immortelle que moi* (aux éditions du Rocher), elle est également scénariste de romans graphiques (*Et puis Colette*, aux éditions Delcourt). *Comme une éclipse*, son nouveau roman aux éditions Fayard, paraît simultanément avec *Sur les balcons du ciel*, publié au Livre de Poche.

SOPHIE ROUVIER

Sur les balcons du ciel

ÉDITIONS DU ROCHER

ISBN : 978-2-253-10676-0 – 1re publication LGF

Sois sage, ô ma Douleur, et tiens-toi plus tranquille.
Tu réclamais le Soir; il descend; le voici:
Une atmosphère obscure enveloppe la ville,
Aux uns portant la paix, aux autres le souci.

Pendant que des mortels la multitude vile,
Sous le fouet du Plaisir, ce bourreau sans merci,
Va cueillir des remords dans la fête servile,
Ma Douleur, donne-moi la main; viens par ici,

Loin d'eux. Vois se pencher les défuntes Années,
Sur les balcons du ciel, en robes surannées;
Surgir du fond des eaux le Regret souriant;

Le Soleil moribond s'endormir sous une arche,
Et, comme un long linceul traînant à l'Orient,
Entends, ma chère, entends la douce Nuit qui marche.

Recueillement,
Charles BAUDELAIRE – *Les Fleurs du Mal*

VADIM

De toute façon, j'ai jamais pu souffrir les chihuahuas. Je saurais pas expliquer comment la situation a dégénéré mais ce qui est certain, c'est qu'il était au départ question d'une journée comme les autres. Aussi ordinaire que les autres, je veux dire. Je vais au collège tous les jours, je fais pas d'histoires. Et pourtant, c'est pas faute d'avoir envie de retourner me pieuter sitôt le seuil de ma chambre franchi. Avec une BD, un roman ou même avec rien. Je fais pas de vagues, j'essaie même pas de nager. En gros je me noie dans le tumulte des passants, de la foule, du collège, et question brasse coulée, je vous prie de bien vouloir croire que je fais le job. La plupart du temps quand on parle de moi, comme je suis pas loin d'être transparent, personne voit de qui il s'agit. Mais ce que je vous raconte a peu d'intérêt parce qu'il est rare qu'on évoque ma personne. Notez que ça me va bien, hein. Allez surtout pas imaginer que j'aimerais qu'il en soit autrement.

Faut dire qu'il y a quelques années on a trop parlé de moi. Assez pour plusieurs vies, si vous voulez mon avis. J'étais en primaire quand mon père est mort. Les mois qui ont suivi, j'ai eu l'impression d'avoir été jeté sur une scène immense, qu'une chiée de projecteurs étaient continuellement braqués sur moi. Est-ce que j'aurais préféré qu'il soit victime d'un infarctus, d'un accident de la route ou encore qu'il meure des suites d'une longue maladie ? Je peux rien assurer, mais je crois que longtemps je me suis persuadé de la chose. Oui, je me suis convaincu que ça aurait été plus honnête, comme mort, plus régulier. Est-ce que ça aurait été plus facile à gérer ? J'en sais foutre rien. Enfin là je parle pour moi, pour ma mère, et puis pour l'entourage, parce que pour lui, bien sûr, ça aurait foutrement rien changé. Je dis ça en passant, je pense tout haut, faites pas attention, je suis pas hyper cohérent comme gars. J'ai lu un livre, le type, son frère est mort écrasé par un poids lourd. Depuis il a la phobie des camions, il peut plus marcher dans la rue ou faire des trajets en voiture, rien. L'enfer. Enfin mes théories sur les morts plus convenables que les autres, vous en ferez bien ce que vous en voudrez.

Mon père est mort un soir où il devait pas. Vous savez, des fois on nous dit « c'était son heure » ou des conneries de ce genre. Comment on peut sérieusement penser ça ? Faut pas être fini, je crois bien. Comme s'il existait une horloge avec des têtes d'humains peintes dessus et que, chaque seconde, des milliers de gens s'effondraient. Raides, d'un coup. Tant au Pérou, en Namibie, en Lituanie. Bam. C'était leur heure, enfin leur seconde. Bref, vous avez suivi le raisonnement. J'ai rarement entendu un truc aussi débile. Non, mon père il est mort un soir où il devait pas. Si j'avais rien qu'une certitude, ce serait celle-là.

Son vieux pote Franck l'a appelé en fin d'après-midi. Je m'en souviens parce qu'il était venu me chercher au gymnase alors que la plupart du temps je rentrais seul de l'entraînement. Il avait quitté le boulot plus tôt que d'habitude et, en attendant que le coach nous libère, il faisait les cent pas à la limite du parquet. On levait les mains en chœur vers les plafonniers de la salle de sport, en beuglant la devise du club du plus fort qu'on pouvait, quand son téléphone a sonné. J'ai su aussi sec que c'était son vieux pote Franck parce que, même de là où j'étais, je pouvais distinguer les pépites dans ses yeux. Vous voyez ce que je veux dire, j'imagine. Mais si, ces minuscules flammèches qui se détachent des iris, tout au fond du regard, quand on est sincèrement content. Avec la bouche on peut toujours tricher, servir des gentillesses et les enrober de sourires, mais les yeux il y a rien à faire. Quand on est pas sincère, ils restent froids ou vides. Tout creux de vie. Mon père arrêtait pas de se marrer, faut dire que Franck s'y connaît question blagues. Elles sont sacrément lourdes en règle générale, mais reconnaissons qu'il sait les amener. On le revoit quelquefois, Franck y tient. Maman l'apprécie pas plus que ça, mais lui veut absolument maintenir le lien. Je disais donc que Franck a toujours été du genre blagueur, très drôle dans son registre, à balancer par-ci par-là des jeux de mots, à trouver du comique en tout contexte. Je comprends pourquoi mon père s'en était fait un pote, qu'est devenu vieux par la force des choses. C'est tout à fait le genre de vieux pote que j'aimerais avoir à quarante ans. Décrocher le téléphone en lançant à la ronde : « Excusez, mais je dois absolument répondre : c'est mon ami Machin. » Bon, c'est mal barré, des potes j'en ai pas, alors les faire vieillir, fût de chêne ou pas, ça va être compliqué.

Mon père en finissait plus de rire au téléphone. Il a lancé mon sac de sport par-dessus son épaule, adressé un signe de la main au coach, ébouriffé mes cheveux et, d'un regard, m'a intimé d'arrêter de dribbler. Le bruit du ballon sur le sol, ça l'empêchait d'entendre les âneries de Franck. J'ai stoppé direct : je venais de jouer deux heures, je pouvais me retenir. Ça tenait plus du réflexe. D'ailleurs, tous les gens qui ont un jour tenu un ballon de basket entre les mains vous le diront, c'est plus fort que tout.

Mon père était rentré tôt, ce qui signifiait qu'on allait passer une soirée à la cool tous les trois. J'étais hyper content, et je m'amusais à le suivre tout en marquant mon pas sur le sien. Seulement, à mesure de sa conversation avec Franck, j'ai compris que la soirée prenait une tournure différente de ce que j'avais espéré. En raccrochant, mon père a fait une grimace. Ça va grincer des dents, il a dit. J'ai compris qu'il parlait de ma mère, et aussitôt je l'ai imaginée, ce qui m'a fait froid dans le dos parce que je voyais le tableau. Ses dents frottaient les unes contre les autres, dans un grincement épouvantable. C'était terrible et je voulais pas voir ça. Enfin, un truc de gosse. Allez savoir pourquoi, encore maintenant, je me sens obligé de décomposer les expressions bizarres. Je m'imagine le type qui les a sorties en premier, dans quelles circonstances ça a pu se produire, tout ça. Je sais que c'est pas normal de se torturer les idées avec ce genre de trucs, mais c'est plus fort que moi.

Quand on est arrivés à l'appartement, maman préparait des lasagnes. J'adore les lasagnes. Même la mort de mon père, forcément associée aux lasagnes de ce soir-là, ça a pas su m'en dégoûter. Sans blaguer, je crois que je pourrais en manger matin, midi et soir. Quoique le matin c'est spécial quand même. Bref, mon père a dégainé son petit « sourire à la noix ». Ma mère dit encore toujours ça quand l'un de nous rapplique, un peu mielleux, pour huiler, faire passer quelque chose. Il s'est approché d'elle, a posé ses mains sur ses hanches, et l'a embrassée dans le cou, truc dégueu auquel on déteste assister quand on est petit. Elle s'est retournée en soupirant, mais amusée quand même. Faussement fâchée elle lui a demandé ce qu'il voulait. Ce sont des trucs que font les gens normaux, j'ai remarqué. J'ai pas personnellement souvenir d'avoir utilisé ce genre de stratagèmes, mais je vois faire mon petit frère et ses copains : c'est la base en terme de manipulation. Alors mon père a répondu que Franck avait des places pour un concert, un groupe génial, qu'ils écoutaient quand ils étaient à la fac, et que sincèrement les places étaient impossibles à avoir. Que c'était un client de Franck qui avait un empêchement, une jambe cassée, une chance, il répétait, ce qui me faisait rigoler parce que le client ça devait pas des masses l'amuser, et que pas y aller aurait été une grave erreur, il a dit. Ou du gâchis, il a dit, sachant pas lequel des deux arguments il valait mieux choisir. Quelques heures après on s'est dit l'inverse. Y aller avait été une grave erreur. Puis du gâchis, aussi. Les deux. Y avait pas photo. Pour en revenir au vif du sujet, même si vif est pas le meilleur qualificatif pour évoquer l'histoire d'un mort, mon père s'est rendu au concert avec Franck pendant que ma mère et moi on se farcissait la moitié du plat de lasagnes. Pourtant, je peux vous assurer que le plat à lasagnes, il est énorme. Il fait toujours partie du paysage, rangé dans le placard de la nouvelle cuisine, et encore maintenant on mange à quatre dessus, à l'aise. Ensuite, je peux qu'imaginer, et croyez-moi la scène je me la suis rejouée un nombre incalculable de fois. Franck et lui ont dû prendre une bière, mon père était particulièrement amateur, puis s'installer dans un coin. Sûrement un peu à l'écart du monde, mon père était pas super fan des foules. D'ailleurs, il aimait pas m'emmener dans des endroits bondés. De peur de me perdre, déjà, et puis aussi il disait qu'on savait jamais ce qui pouvait arriver. J'aurais aimé qu'il se dise ça, ce soir-là, mais en même temps sinon on fait plus rien. Je veux dire par là que si on fait attention à tout, tout le temps, qu'on a peur de tout ce qui pourrait se produire, on fait plus rien. Et alors tout ça, la vie, ça a aucun sens. Je les vois avec un verre à la main, se raconter des trucs de jeunesse, parler de tel morceau et de tel album, et puis le groupe est arrivé, ça a été dit dans les médias. Ils ont joué six morceaux, ça aussi ça a été dit partout. Cent fois, mille fois et plus encore. Ensuite des types se sont pointés dans la salle et ont commencé à tirer sur les gens qu'étaient venus tranquillement passer une soirée à la cool, boire des bières avec leurs vieux potes Franck et consorts. Dans l'assemblée il y avait de tout, des vieux, des jeunes, des sœurs, des fils, des cousins, des voisins, des collègues de bureau, et puis des pères, forcément. Je le sais de source sûre puisqu'il y avait le mien.

Je vais pas épiloguer sur les circonstances, parce que j'y arrive pas, en fait. Je sais pas comment parler de ces types qui se sont pointés un soir pour tirer au hasard dans une foule de gens. Que ce soit ici ou ailleurs, je comprends pas le concept. Faut être sacrément pas bien pour lancer l'idée ou suivre le mouvement, et je peux vous dire que question mal-être, j'en connais un rayon. Mon père est mort sur le coup, enfin c'est ce qu'on a dit. Une seule balle, mais qui lui a laissé aucune chance de vie, je parle même pas de survie. Il est tombé sur Franck. Franck a été blessé au bras et ensuite il a pas bougé une oreille jusqu'à ce que ça se termine. Franck, je crois, se sent redevable, coupable et pas mal de choses en « -able ». Quand il vient me voir – ma mère aime pas ça, je crois que je l'ai déjà dit – je constate qu'il y a plus jamais de pépites dans ses yeux. Ils sont ternes, et rendent comme les filtres mélancoliques qu'on met sur les photos des réseaux sociaux. Il y a comme du carton dans ses pupilles quand il se force à sourire et s'intéresser à ma vie. Il est là, mais il est pas là. Et puis, quand Maman passe la tête par la porte pour demander si tout va bien, je vois qu'il est gêné. Il doit penser qu'elle lui en veut, alors qu'elle lui en veut plus.

Tout ça pour dire que mon père est mort assassiné quand j'avais pas tout à fait dix ans, et que, depuis, ma mère a refait sa vie avec Xavier, un mec gentil il y a pas à dire, et qu'ils ont eu mon frère, Tom. Parce que, comme a dit ma mère en m'annonçant sa grossesse, fabriquer de la vie c'est le seul moyen de lutter contre la mort. Et ce soir, alors que je quittais le collège comme n'importe quel autre soir, il m'est arrivé ce truc. Ce soir, alors que je m'apprêtais à traverser la rue comme d'habitude, j'ai vu ce chien bizarre, un chihuahua à l'air sévèrement louche. Ces chiens me foutent mal à l'aise, j'ai toujours l'impression qu'ils préparent un sale coup, sans doute à cause du blanc qu'il y a autour de leurs yeux. Lui, c'était pas la première fois que je le voyais, un spécimen du quartier, sans doute. Je sais pas comment je me suis débrouillé, j'ai dégringolé comme un pantin du trottoir, pour me retrouver sur le boulevard, pile en face du bahut. Et puis la voiture a déboulé. Entendons-nous bien, j'avais le temps de remonter sur le trottoir, c'est certain, je peux pas dire le contraire, mais au lieu de ça j'ai pas bougé. C'est ça qui est fou et qui rend dingue ma mère, parce que le surveillant qui était à la grille l'a répété dix fois lors de la déposition : oui, je ne nie pas, je me suis retrouvé face à cette voiture et j'ai pas eu le moindre réflexe. Pas deux grammes d'instinct de survie. Je suis resté là, comme un con, à regarder la Clio foncer sur moi. Et à vous je peux le dire, je me suis dit pourquoi pas. Oui, après tout.

On dit qu'avant de mourir on voit la vie défiler, qu'on pense à ce qui a du sens. Moi, avant le choc, j'ai pensé à la BD très cool que j'allais pas terminer, c'est le tome 4 de *L'Arabe du futur*. Et aussi au fait que je pourrai plus prendre de bains. Parce que j'adore prendre des bains.

Cette journée avait démarré comme n'importe quelle journée, et à la fin je me suis fait écraser.

*

J'ai passé la nuit là. J'ai passé la nuit là et j'en ai plein le dos. Je dis le dos, mais c'est pour être poli. À ma mère j'ai dit autre chose, ça se situe plus bas et c'est pas caché par cette blouse dégueulasse et vert d'eau dans laquelle je me suis réveillé. Je dis dégueulasse, mais en fait c'est propre, paniquez pas, on est dans un hôpital. Sérieusement, cette couleur devrait être interdite. On dirait que c'est moisi, je comprends pas.

Ils étaient en train de m'installer dans une chambre quand ma mère s'est pointée. Elle m'a fait les gros yeux avant de m'embrasser. Au début j'ai pas su qui du soulagement ou de l'envie de m'en coller une allait l'emporter. Depuis l'accident, elle déraille complet, passe d'un état à un autre sans transition. Un coup à me donner des tapes sur la tête en plissant si intensément ses lèvres que ça fait ressortir ses rides, la seconde d'après à me serrer tellement fort que je crois qu'en fait c'est d'étouffement que je vais mourir. Après ça, elle s'arrête, recule et me tient à distance de peur de m'avoir fait mal. Je l'aime tellement.

J'ai aucun souvenir du reste, et par le reste j'entends ce qui s'est passé après le chihuahua et la voiture. Aux urgences on m'a dit que c'étaient les pompiers qui m'avaient pris en charge, mais j'aurais pu tout aussi bien arriver à dos de poney, zéro souvenir. On m'a dit aussi que j'avais eu de la chance et ça m'a fait un peu rigoler parce que, dans ma tête, les gens qui ont de la chance gagnent au loto, ou en tout cas vivent des choses plus réjouissantes que de se faire shooter par une Clio.

J'ai passé la nuit là, et j'en ai plein le dos. Tout le monde est aux petits soins, les infirmières, les aides-soignantes, les internes. C'est trop. J'ai pas l'habitude et j'aime pas ça. Le truc, c'est qu'ils ont tous imaginé que je voulais me suicider, que je m'étais volontairement avancé sur le boulevard pour que la voiture me fonce dessus. J'ai pourtant essayé d'expliquer que c'était à cause du chien, mais il semblerait qu'insister sur le chihuahua m'ait enfoncé plutôt qu'autre chose.

Toute la nuit il y a eu du passage, officiellement pour s'assurer que je souffrais pas trop, mais moi je dis qu'ils me surveillaient pour que je fasse pas de conneries. Je m'en tire pas trop mal. Deux côtes fêlées, quelques contusions et une suspicion de fêlure du radius. J'ai une résine préventive. Bien qu'il ait fini sa course dans un lampadaire, le gars au volant a rien eu. En revanche la voiture a pris cher. Le mec a tenu à venir me voir et j'ai pas su l'envoyer bouler. Il tremblait, s'excusait, répétant à l'envi que jusqu'au dernier moment il avait espéré que je fasse un pas de côté, mais que non, bordel, j'étais resté plus pétrifié qu'une statue coulée dans le béton. Quand il s'est enfin décidé à la fermer, essoufflé par son argumentaire, le mec s'est mis à pleurer. Assister à ça, c'était atroce. Niveau malaise maximal. J'ai regretté que ma mère soit pas là pour l'étouffer.

— J'ai failli te tuer ! Te tuer ! il a encore repris.

Sa voix était grinçante comme après une grosse laryngite. Je le regardais et je me disais qu'il allait se fendre en deux ce mec, là, juste devant moi. Il allait se déchirer et se répandre dans cette chambre verte. Parce que, comme si la blouse suffisait pas à filer des brûlures gastriques, ils ont assorti les murs. Sérieux, si déjà t'as pas le moral, le vert d'eau t'achève lentement mais sûrement. Au bout d'un moment, comme je disais rien, le type a haussé un peu une épaule avant de vaguement se tortiller. J'imagine qu'il attendait que je lui pardonne. Va, je ne te hais point, et tout le toutim, mais j'avais tout sauf envie de parler. En fait, j'étais super gêné pour les dégâts occasionnés à sa voiture, et comme il évoquait pas ce point je voulais que l'entrevue cesse aussi vite que possible. Comme il a vu qu'il y avait rien à tirer de ma personne, le mec, résigné, s'est dirigé vers la porte en traînant à sa suite toute la misère du monde. L'aide-soignante aux joues rouges a sifflé entre ses dents « Pfff ! Les ados, maintenant », comme si elle invoquait un principe scientifique. En une seconde j'ai décidé que je la détestais, sachant que ça s'était déjà un peu dessiné quand, plus tôt, elle avait soulevé mes draps sans préambule, offrant mes parties intimes à reluquer au mec qui réparait le store. Ça me fait délirer les gens qui projettent des morceaux de phrases dans l'atmosphère, tout ça pour les laisser ensuite en suspens. Je vois presque les points de suspension flotter autour. Comme si quelques mots lourds de sous-entendus suffisaient à condenser des théories maison à la con. Tout heureux de faire profiter les masses de leur savoir, les cons sont convaincus que leurs interlocuteurs saisissent leurs propos tronqués. « Ah ça, les transports en commun… », « ah ça, le réchauffement climatique… » Joues Rouges est sans nul doute spécialiste ès ados inconscients, je vois que ça. Blondie, son acolyte, paraissait gênée pour moi. Le comble de toute cette scène, c'est que je m'en voulais sincèrement de réagir de la sorte. Le pauvre gars avait rien demandé, je sais bien, et surtout pas que je déboule devant sa caisse. Il y était pour rien, pour le chihuahua et puis pour le reste, mais j'avais pas envie qu'il se trouve dans mon périmètre. C'était physique, sa présence m'indisposait en plus de tout ce vert. Ça me fait ça des fois, et même souvent, les choses dont je suis pas fier, dont je veux pas me souvenir, je les jette derrière le périphérique de ma conscience. Je les relègue hors de ma vue, derrière les cartons restés fermés depuis le déménagement, et je fais comme si elles avaient pas existé. Je suis devenu professionnel dans ce domaine, une sorte d'expert pour m'arranger avec moi-même. Si je me réincarne, ce sera sûrement en autruche.

Joues Rouges surgit pour m'annoncer que je vais rester une nuit de plus. Ils ont vu ça avec ma mère qui n'a pas pu s'éterniser parce que Xavier est à Londres et qu'il y avait personne pour récupérer Tom. Ça m'arrange, elle m'oppresse à me regarder comme si je risquais de m'évaporer, prête à bondir au moindre de mes mouvements. Je gratte la résine qui donne à mon bras gauche un air de Playmobil et soupire. À chaque fois que mon ongle monte et descend d'un cran, les cliquetis me rappellent que toute cette histoire ne changera rien au cours de ma vie. Rien ne m'empêchera de me lever chaque jour, de chercher à tromper cette étendue de temps qui se trouve tous les matins au pied de mon lit, de retourner au collège et de reprendre les cours.

En réalisant cette évidence, j'ai un énorme coup de cafard. Il arrive par surprise, un peu comme lorsqu'on marche sur le remblai et qu'une vague submerge tout sans crier gare, venant rappeler aux promeneurs imprudents qu'ils sont rien, ou encore moins. Ça changera rien. Du tout. J'ai failli mourir, j'ai même pas voulu éviter la faucheuse, et pourtant ça changera rien. Et je me sens aussi dur que du granit, aussi froid qu'une vitre embuée, je suis vide. Un coquillage sur la plage.

Dehors il fait nuit et les lumières de la ville animent le plafond d'un ballet de clignotements et d'ombres. Je sais pas comment expliquer ce que je ressens. En me réveillant dans cet hôpital, en me remémorant le choc et tout, j'y ai cru, un peu. Cet événement allait peut-être changer quelque chose, me permettre de trouver un sens, de découvrir une porte derrière une cloison, mais en réalité c'est pire. C'est tout le contraire même, et ça me fait chialer. Ça me fait chialer et ça, c'est ouf. J'ai pas pleuré depuis l'attentat, pas une larme, rien, même à l'enterrement. Rien. C'est pas que je me retenais, c'est que ça sortait pas. Les vannes étaient grippées.

Blondie entre dans la chambre. Elle allume le plafonnier en disant qu'il faut pas que je reste dans le noir comme ça, puis elle voit que ma tête c'est du chiffon, alors elle dépose sa voix préfabriquée à quelques mètres du lit.

— C'est normal, c'est le contrecoup, elle assure.

Je sais pas ce qui me mine le plus à ce moment-là. Est-ce que c'est de lire dans les yeux de Blondie l'impuissance du monde ou bien de prendre conscience que dans son métier elle rencontre suffisamment de gens comme moi pour en tirer des généralités aussi tristes. Des gens comme moi, qui ont eu des accidents, qui sont passés plus ou moins près de la fin. Ou alors des proches de gens comme moi, mais en moins chanceux, qui doivent encaisser des mauvaises nouvelles et qui ont ensuite ce fameux contrecoup, dont elle parle. Je me mets à pleurer comme un gosse, cette fois. C'est assez cocasse car ils m'ont pas mis en service de pédiatrie parce que j'ai eu quatorze ans il y a deux semaines. Je pleure tellement que je me demande d'où ça sort et c'est le moment que choisit Valentine pour remuer mes souvenirs. Je l'imagine bien me chambrer, chiale un coup tu pisseras moins. Je l'imagine et je lui en veux de plus passer me voir. C'est depuis l'arrêt de ses visites que je déraille vraiment, je le sais.

Je regarde Blondie à travers les chutes du Niagara et je me dis que plus jamais j'aurai besoin d'aller faire pleurer le colosse. Des litres et des litres de larmes. Et puis mon salaud de corps me lâche complètement, il se laisse totalement malmener par les sanglots. Abdication complète. Je vibre comme un petit vieux. Ça grossit, ça grandit, c'est démesuré, monstrueux. J'ai honte, je voudrais que Blondie s'en aille, qu'elle assiste pas à tout ce grotesque. Je voudrais qu'elle éteigne cette lumière artificielle, ces néons ignobles qui ravivent tout ce vert d'eau qui va finir par me rendre fou. Je veux me fondre dans cette blouse, dans l'oreiller, je veux qu'on m'oublie.

Non, en réalité je veux plus rien. Je m'endors, je crois, à force de pleurer.

Ou bien j'arrête de pleurer parce que je m'endors dans les bras de Blondie.

Je sais pas, je veux pas savoir. Je croise Valentine qui était plus venue depuis trop longtemps et puis j'oublie. Ça fait si longtemps que j'en reviens pas.

On va s'asseoir sur le toit, et puis j'oublie.

*

Je suis perché sur ce toit d'immeuble et pourtant conscient de dormir. Conscient que rien n'est réel ou plus précisément que me trouver ici avec Valentine n'arrivera plus. Ça fait un an que je peux plus m'installer sur ce rebord avec elle autrement que dans mon sommeil. Tout comme mon père m'a rendu visite tant que j'avais suffisamment de souvenirs précis pour le reconstituer en pensées, depuis sa mort Valentine passait me voir de temps à autre, mais ces rendez-vous se sont espacés avant de s'arrêter il y a plusieurs mois. Je le sais parce que je notais ses passages dans un carnet et ça fait un bail que j'ai pas inscrit de date. Elle allume une cigarette en soutenant mon regard, elle sait que je désapprouve le lobby du tabac, en plus du reste. Elle tire une longue taffe avant de former des ronds d'une perfection assez insupportable. Je tolère qu'elle fasse la grande parce qu'elle me laisse divaguer dans ses ronds de fumée. Je lui pardonne de se vieillir, élude ses manières de princesse exubérante et son ton parfois exagéré. Quand on se retrouve, tassés sur ce bout de toit, toute la nostalgie qui me ronge s'envole dans les ronds que ses lèvres libèrent.

Elle a jamais été bavarde, Valentine. Quelques phrases qui fusent, claquent, comme autant de scuds. Économe. Rien qui soit inutile, jamais de superflu. Elle ne dit plus rien désormais, elle m'a abandonné il y a un an et depuis je suis en sursis. Elle a dû sentir l'urgence de la situation et l'étendue de ma détresse pour rappliquer. Valentine me connaît mieux que personne. Mieux que je me connais. Elle se penche tout contre moi alors que nos genoux sont calés sous nos mentons. Elle bascule sur le côté en me donnant un coup d'épaule. À sa manière elle dit sa présence. Le contact de son corps contre le mien, c'est terrible. Je le sens, je veux dire, je le sens réellement. Je sais pourtant que je suis au beau milieu d'un rêve, noyé par mes pleurs, englouti par des pensées que je parviens plus à repousser par-delà le périphérique, mais son contact, la pression de son épaule contre la mienne, bordel... Je la perçois physiquement. Elle a jamais été si près de moi que depuis qu'elle est partie, qu'elle s'est envolée ce soir où je l'avais pas rejointe sur le toit. Alors je me shoote à sa présence, je respire son parfum, je pourrais décrire sa peau, comptabiliser les grains de beauté qui jalonnent son cou délicat. Je pourrais décrire la nuée d'étoiles, minuscules satellites de son corps, brodés sur son top préféré, gris délavé à force de passages en machine.

Elle me manque tellement. Tellement que même endormi je sens ma cage thoracique qui se serre et se resserre jusqu'à faire mal, jusqu'à me faire manquer d'air. Mes côtes pourraient casser, je crois bien. Et moi je suis là, sur le seuil de la réalité, pile à la limite entre le rêve et le réveil, et je gagne du temps. Je la bouffe des yeux, je veux pas la lâcher, je sais ce qu'il se passera lorsque je perdrai le contact. Je sais qu'elle s'enfuira, sans que je puisse avoir l'assurance qu'elle daigne repasser une fois prochaine. C'est pour cette raison que j'arrivais plus à donner le change ces derniers temps, je pensais qu'elle allait faire comme mon père et jamais plus revenir. À Valentine je pourrais avouer que si je me suis retrouvé sur la chaussée, c'est tout simplement parce que j'ai cru voir mon père de l'autre côté de la rue. Je voudrais lui dire, mais je suis trop concentré pour ça, il faut que je m'efforce de bien la visualiser, si je m'applique elle restera toujours un peu avec moi. Je suis tellement heureux de sa présence, j'étais dans l'angoisse qu'elle repasse jamais plus, que son souvenir s'altère définitivement. Et ça, je le supporterais pas.

Blondie est partie, il me semble. Je sais pas depuis quand je fais semblant de dormir. Je tiens encore un peu Valentine contre moi. Je fais comme si le sommeil me collait encore au corps, pour que cette sensation dure une poignée de minutes de plus. Une fois j'ai réussi à me rendormir et le rêve a repris son cours. Alors j'y crois, ça va le faire, je vais me cramponner aux lambeaux du mirage à toute force. Soudain l'alarme de la pompe se met à sonner et dans la seconde la porte s'ouvre sur Joues Rouges. La dragonne prend son service et annonce direct la couleur, qu'est sans surprise vert d'eau. Elle attrape mon bras sans ménagement et tire sur les tuyaux. Ils m'ont mis sous glucose parce que j'ai rien pu avaler. C'est pas ma faute, j'ai pas faim. Joues Rouges me sert une plâtrée de son sermon du jour. D'une voix beaucoup trop forte pour les lieux et les circonstances, elle dit que si je fais pas d'efforts je vais traîner un moment ici. Que même je risque de faire un détour par la psy. Elle ajoute que quelles que soient les raisons de mes actes j'ai la vie devant moi, que c'est un bien précieux et que j'ai pas le droit de faire le difficile parce que, en plus, rien n'est jamais aussi grave qu'on l'imagine. D'un coup c'est plus fort que moi, le truc vient de loin, des tréfonds de mon bide, c'est abyssal à ce niveau. Je lâche l'affaire, laisse tomber l'espoir de retenir Valentine plus longtemps, de toute façon elle s'est sauvée quand Joues Rouges a débarqué dans la chambre avec toute sa brutalité. Je me redresse sur les coudes et ma colère congédie ses mains, elle les vire de mon bras. Elle nous juge, mes problèmes et moi, et quand bien même ce serait le cas, j'aurais tout à fait le droit d'être un pauvre gamin suicidaire. *Les ados maintenant*... Sérieux. Ses mots griffent ma peau. J'ai fait que trébucher sur le boulevard, à cause du chihuahua, OK ? OK, j'ai pas bougé. OK, j'ai cru voir mon père au coin de la rue. OK, je sais pas pourquoi j'ai pas cherché à sauver ma peau, mais Joues Rouges a aucun droit sur mon histoire. Et pour quelle foutue raison rien ne serait jamais aussi grave qu'on l'imagine ? Au nom de quelles normes cette conne parle-t-elle ? Joues Rouges me dévisage, examine successivement mes mains, puis la perfusion, avant de revenir à mes mains. Quelque chose change dans ses yeux, un voile passe. On est dans le dur, là, dans le métallique. Dans le qui n'augure rien de bon. Mais je m'en fous. Vraiment, je m'en fous. Je crois même que, de ma vie, je me suis jamais autant foutu d'un truc.

Tellement que pour la première fois depuis des lustres, je vois Valentine alors que je suis éveillé. Un véritable miracle. Elle se tient derrière la porte et lève un sourcil comme on lève un chapeau.

*

Je regarde ma mère pleurer sans parvenir à réagir. Je m'en veux de lui infliger autant de souffrance. Elle fait le maximum pour moi, je le sais. Elle a quasi jamais flanché. J'ai strictement rien à lui reprocher, c'est ça le plus beau. Elle me tend de manière permanente une main que je suis infoutu de saisir. Pourtant elle se décourage pas, jamais, et les rares fois où je l'effleure, sa main, elle a ce sourire qui vient de l'intérieur, tellement lumineux que ça me fissure. Dans ces cas-là, je sais qu'elle reprend espoir. L'espoir que j'avance à peu près droit.

J'aime être seul. Après le décès de mon père, un psychologue a annoncé que j'étais sur une route parallèle. Ma mère a fini par intégrer le concept et nous voit comme ça, enfin je crois. Elle pense qu'on se trimballe sur des chemins voisins, des départementales à portée de vue l'une de l'autre, mais que sur nos trajectoires il y a pas des masses d'intersections, de ronds-points, et que ça explique pourquoi on interagit si peu. Je suis de nature solitaire, mais je m'isole de plus en plus, c'est un fait. C'était pas calculé au départ, et maintenant je gère plus vraiment. C'est devenu un besoin. Cette réalité s'est ancrée dans mon ADN. Valentine était la seule que je tolérais. Dans le fond, je m'isole pour protéger les autres, ceux qui comptent. Hors de question que ma mélancolie contamine les gens que j'aime. Qu'elle pollue ma mère ou Xavier, qu'est vraiment un brave type, et surtout pas Tom. Je préfère que le petit se dise que son frangin est chiant et asocial, plutôt que risquer de lui inoculer ne serait-ce qu'une once de ma tristesse. C'est la personne qui importe le plus. Il est incroyable pour son âge, malin, bourré d'autodérision. C'est déconcertant, je vous jure, sûr qu'il sera redoutable dans quelque temps. Non, c'est pas concevable que je déteigne. Alors je le frôle, sans le laisser vraiment m'approcher. Je joue au basket avec lui, quelquefois, lui lis des histoires quand vraiment il insiste, mais j'en invente pas, jamais. Même quand il me supplie. Il y aurait trop de moi, trop de vrai. Comme je suis incapable de générer du joyeux, je me contente de lire ses bouquins en prenant des voix débiles qui le font bien marrer. Non, j'invente pas, jamais. De toute façon, il comprendrait pas les choses que je me raconte, comme personne comprend non plus les trucs que j'assemble avec toute cette colle. La seule qui comprenait c'était Valentine.

Ma mère pleure depuis son arrivée, et ça me

déchire. Tout ça à cause du scandale qu'a claqué Joues Rouges. J'essaie d'expliquer qu'il s'agit d'un malentendu. Je répète que j'ai jamais voulu me suicider. Je me concentre pour lui raconter les faits en y mettant les formes et un minimum d'entrain. Bon, je lui dis surtout pas pour la silhouette de mon père de l'autre côté du trottoir, mais avec précision je décris tout ce dont je me souviens à partir du moment où j'ai passé la grille du collège. Elle secoue tristement la tête, elle se sent tellement fatiguée. Elle est momentanément imperméable à ce que je peux dire et mes arguments ricochent. Je les vois au ralenti se heurter à son incompréhension, rebondir, percuter les murs et finir par s'y fondre. Alors ça me saoule, j'arrête de me défendre. De toute façon, comme Joues Rouges a demandé un arrêt de travail pour l'histoire de la perfusion, cette fois, c'est définitif, ils sont tous à peu près persuadés que j'ai des pensées suicidaires.

Ma mère rabâche des lieux communs comme si elle avait buggé. C'est inaudible et brouillé de pleurs, mais je sais ce qu'elle veut dire. Depuis des années ce sont les mêmes craintes qui tournent en boucle dans sa tête. Elle se demande comment s'y prendre, elle voudrait m'entendre rire, que je sorte, elle aimerait que je fasse le mur, que j'aie des potes. Au lieu de ça, dès la sortie des cours, je regagne ma chambre pour assembler des trucs qui ressemblent à rien ou, au mieux, qui font flipper. Comme elle est sympa, elle m'achète la colle et le scotch dont j'ai besoin. Elle me voudrait en vie, mais je suis qu'un spectre, blanc comme un cachet d'aspirine. J'ai arrêté le basket et le seul endroit où je daigne encore aller c'est la bibliothèque.

— Et Hugo ? elle lance, d'un coup.

Hugo surgit dans mes pensées, aussi à l'aise qu'un ornithorynque dans une salle de ciné et je sens l'agacement poindre. C'est parti, elle va ressortir ceux que je voyais avant et ça mènera à rien, sinon à nous énerver tous les deux. Elle sait ça et pourtant elle enlève le frein à main, démarrant carrément en seconde.

— Il était gentil, Hugo…

À quoi ça rime, je me dis. Mais à elle je dis rien. Je sais que ça l'apaise de se poser ces questions, de se raconter qu'elle tente quelque chose. Tu parles, Hugo, comme les autres, il cherche tout sauf ma compagnie. Cela dit comme je veux plus de la sienne, ça tombe hyper bien.

Hugo et les autres manquent à ma mère. Moi, ce qui me manque désespérément ce sont les visites de mon vieux et Valentine.

ALMA

Alma se scanne. De longues jambes, mais des mollets trop épais à son goût. Elle s'avance et considère d'un peu plus près son visage sur lequel se creusent des sillons qu'elle trouverait charmants sur un vinyle ou sur une autre. Elle se maquille sans vraiment se regarder. Consciente de tricher, persuadée de leurrer. Peu bienveillante envers elle-même, elle abhorre d'ailleurs cet adjectif suremployé. Elle se sent presque. Toujours là sans l'être réellement. Ici, mais toujours un poil en retrait. Un pas de côté, en décalage.

Alma quitte l'appartement. Elle marche comme souvent en musique et son casque lui confère un air de gamine, facile dix ans de moins. Elle aligne les foulées. Dix mille pas par jour, coûte que coûte. Dix mille grands ou petits pas, promesse de santé, forme, ligne et longévité. Ainsi soit-il. Rallonger. Gratter. Gagner du temps. Ne pas en perdre serait déjà satisfaisant. S'accrocher, se cramponner. Respirer. Ne plus penser.

Chaussée de Converse, elle accélère. Souvent, pour le simple plaisir de rattraper les minutes qui la défient, elle part en retard. Minuscule satisfaction si elle parvient à passer la ligne d'arrivée dans les temps. Alors, elle se figure adresser un pied de nez aux secondes qui dégringolent de fait dans le néant. Mais elle n'est pas dupe et s'il lui arrive d'oublier qu'elle a fêté ses trente-six printemps, il y a toujours l'anniversaire d'un proche pour lui rappeler qu'elle ne rajeunira pas. Ces notifications festives programmées sur son smartphone la font systématiquement sursauter, comme autant de coups de taser émotionnels.

Elle aime lire, écouter de la musique, danser jusqu'à ce que la tête lui tourne. Regarder les bûches crépiter dans une cheminée à la campagne, les chats chez les autres, les cactus chez elle. Elle s'y connaît en musique classique sans pouvoir expliquer pourquoi. C'est ainsi, elle reconnaît les préludes, les sonates, les adagios. À son contact les notes semblent se défaire de leurs secrets. Alors qu'elle n'a jamais été particulièrement douée en solfège et qu'elle a abandonné le piano rapidement, elle perçoit les histoires enfouies par les compositeurs. Alma aime le vin, mais n'y connaît pas grand-chose. Elle n'aime pas le sport, mais pratique régulièrement. Elle apprécie les forêts, mais ne s'y rend jamais. Elle aime la neige, mais goûte peu le ski. Alma ne regarde pas la télévision, mais peut soudainement visionner trois saisons d'une série lorsque l'angoisse la cloue dans son appartement.

Alma aime la vie, mais ne saurait dire si la vie lui rend cette affection.

Alma est heureuse parce qu'elle le doit, parce que ne pas l'être serait indécent.

Alma est en bonne santé, les siens se portent globalement bien. Elle gagne douillettement sa vie, son logement est lumineux et son cercle d'amis relativement bien fourni. Malgré cela, elle se sent atrocement bancale depuis des mois, comme si chaque jour qui s'écrivait l'était au crayon de bois. Elle se sent juste à côté de ses Converse et rien n'y fait.

Elle passe quatre à cinq jours par semaine dans les vingt mètres carrés de son cabinet aseptisé. Seul un mur *framboise écrasée* féminise l'ensemble. Là, elle enchaîne. Les gestes, les patients, les formules, les sourires, les attentions. Bonne praticienne, douce, aimée, reconnue, elle apprécie les heures passées dans ce sas où elle n'est ni tout à fait elle-même, ni véritablement quelqu'un d'autre puisqu'une plaque accrochée à la façade de l'immeuble affirme qu'un chirurgien-dentiste portant le même nom exerce en ces lieux.

Alma fait claquer la dernière paire de gants de la journée et l'envoie sur le plateau d'examen. Julie, l'assistante, fait remarquer qu'elle a l'air lasse.

Elle déteste cet adjectif, mais le plus contrariant de l'affaire est qu'il lui convient à la perfection. Ces cinq lettres ainsi agencées semblent avoir été façonnées pour elle, elles épousent les contours de sa silhouette. Qu'elle marche plus ou moins vite n'y changera rien, ce mot la poursuit comme un effluve de parfum. Elle soupire en déboutonnant sa blouse, elle adorerait vaillance, singularité ou même audace, tiens, mais c'est définitivement la lassitude qui l'habille le mieux.

Le dernier patient parti, n'ayant pas le courage de rentrer, elle s'arrange pour traîner au cabinet. Elle a prétexté la comptabilité en retard puis les sauvegardes que d'ordinaire elle rechigne à faire. Alma est même allée jusqu'à vérifier les bons de laboratoires, un par un, avant de jeter un œil aux congés des assistantes. À court d'excuses, il a fallu se résoudre à gagner le vestiaire. Comme chaque soir, accrocher sa seconde peau au crochet du casier qui lui est dédié. Se laver une nouvelle fois les mains, ôter les épingles qui disciplinent ses mèches rebelles, et faire glisser l'élastique qui retient sa chevelure avant de masser brièvement le cuir chevelu endolori. De plus en plus fréquemment Alma reprend sa tenue civile avec une pointe d'appréhension. Il faut dire que, durant les heures de dentiste, elle a des préoccupations de dentiste. Le reste du temps, tout est si compliqué… Elle sursaute aux vibrations de son téléphone. Inutile de faire l'autruche, ça n'a pas dû discontinuer de la journée. Elle n'ose deviner le numéro qui va s'inscrire à côté des appels en absence sur l'écran, se félicite de ne pas avoir emporté le smartphone dans la salle de soins et, dans un déni mal maîtrisé, jette l'objet du délit dans le trou noir de son sac à main. Plus tard. À l'appartement.

Alma file. Elle avance le long des murs, sur les trottoirs, dans les avenues, les ruelles, les contre-allées. Elle rentre chez elle d'un pas rapide. Seule. Elle se rêverait sans attaches. Si seulement du contrôle pouvait surgir une solution, même transitoire, ce serait le pied. Mais visiblement il ne faut pas trop y compter. On lui a dit que dépendre c'était mourir, au moins un peu, mais que, promis juré, rester droite lui permettrait de tenir debout. On lui a aussi dit que c'était l'année du scorpion et que l'avenir appartenait à ceux qui se lèvent tôt, sans parler de toutes les leçons de développement personnel et proverbes fumeux qui défilent sur son fil Instagram.

Le téléphone vibre une nouvelle fois. Alma le manipule avec circonspection, et le met sur le mode avion. Elle pousse un profond soupir en priant pour que Mathieu ait la pudeur de ne pas se trouver devant la porte de l'appartement… C'est clairement au-dessus de ses forces. Elle se met à trembler, elle n'est présentement pas en mesure de débattre et encore moins d'argumenter. Ce serait tout à fait légitime, personne n'a dit le contraire et là n'est pas la question, mais elle n'est tout simplement pas en capacité de s'expliquer. Alors Alma se met à prier des dieux auxquels elle n'a jamais cru pour que Mathieu n'insiste pas. Elle décide que si elle pose ses pieds entièrement sur les bandes blanches des passages piétons, sans qu'un bout de semelle dépasse, la voie sera libre. La manœuvre a déjà fait ses preuves. Il faut que Mathieu quitte le champ, qu'il disparaisse du panorama. Qu'il s'évanouisse de la perspective. Elle-même étant passée à autre chose, il serait appréciable qu'il en fasse autant, le tout dans des délais raisonnables.

Bien sûr, Alma se sent mal à l'aise, affreusement. Elle voudrait oublier au plus vite qu'une fois encore elle n'a su mettre un terme définitif à une relation qui ne lui convenait pas. Elle lui a même confié il y a peu un jeu de clés. Oui, de son plein gré. Non, ce n'est pas logique, mais tout est si compliqué… Elle est parcourue de frissons, voilà l'embarras et la honte qui viennent la hanter. Il est l'heure pour Alma de se confronter enfin à sa lâcheté, à l'inexorable ferveur qu'elle insuffle dans chaque nouvelle histoire. Pathétique. Tout ça pour quelques jours, quelques semaines. Tout au plus. Jamais plus.

Elle se fige sur le trottoir, incapable de se remettre en mouvement malgré les passants qui la heurtent. Le bitume lui semble soudain couvert de microfissures. Elle voudrait disparaître dans le sol, se fondre dans l'enrobé, que ses atomes épousent les molécules du revêtement et, par un étonnant transfert de matière, se trouver réintégrée derrière la porte de son appartement. Ce serait merveilleusement pratique. Comme il est trop douloureux de se disculper, elle fait comme si elle n'avait pas le moindre embryon d'explication. Son ventre, lui, sait pourquoi elle est presque bancale, incomplète, foutraque, boiteuse, honteuse, lacunaire, instable. Pourquoi les hommes qu'elle attire la laissent indifférente et pourquoi elle leur permet néanmoins de traverser sa vie, sans ressentir pourtant le besoin ou l'envie de les retenir. Pourquoi malgré tout, elle propose son lit, sa bouche, son sexe, sa vie, son appartement, et pourquoi ensuite, c'est quasi épidermique, elle rêve de les voir disparaître, aussi vite qu'ils sont entrés en scène. Esquiver, débrancher le fixe, ignorer les mails, ne jamais s'expliquer. Elle préfère taire les raisons. À Mathieu elle ne peut décemment expliquer cela.

Elle secoue la tête. Pour le moment elle aimerait surtout zapper de sa mémoire l'air étonné qu'a pris le serrurier. Les sourcils broussailleux de l'artisan qui se sont élevés de quelques millimètres. Ses yeux délavés qu'il n'a pas clignés durant plusieurs secondes. Se remémorant le visage du vieil homme, Alma tangue sur le trottoir et s'adosse à un mur. Il n'y a pas d'issue, il lui faut rentrer.

Alors, à contrecœur, elle se remet en route, harponne ce sentiment de honte qui cherche à l'enserrer, choisit de l'enterrer loin dans son ventre qui, comme le sol qu'elle foule, finira inexorablement par se fissurer si elle ne prend pas rapidement des mesures.

Alma se gaine, pour ne pas s'éparpiller.

Alma secoue la tête, troublée, elle compte sur ses doigts. Bordel.

C'est tout de même la cinquième putain de serrure qu'elle fait changer.

En dix-huit mois.

*

Elle éprouve souvent la sensation de cumuler des rôles. Il y a celle qu'elle personnifie lorsqu'elle est seule, et celle qu'elle incarne en famille. Le personnage qu'elle interprète avec les copains de fac ou encore le jeu Actors Studio qu'elle sert au travail, quand il s'agit de régler les problématiques de patients ou de personnel.

Celle qui salue les voisins, qui rend service.

Celle qui séduit, celle qui amuse.

Celle qui écoute, conseille et console.

Celle qui danse. Celle qui s'enivre pour assumer ensuite des gueules de bois carabinées. Celle qui rit à gorge déployée, qui s'insurge et qui s'oppose, qui s'emporte trop vite pour s'excuser plus hâtivement encore. Celle qui cherche la petite bête, mais aussi celle qui a toujours un chouïa peur du noir.

Toutes ont leur place, leur légitimité à un moment donné. Toutes font partie d'Alma, pièces d'une entité qui se morcelle, s'effrite chaque jour un peu plus. En est-il une plus véritable ou essentielle ? Celle dont le regard se perd dans le défilement des paysages à la fenêtre d'un train ? Celle dont les yeux se brouillent dans l'obscurité de la salle de cinéma ? À n'en pas douter celle qui se love avec un roman au fond d'un lit, sans plus rien devoir à personne. Celle qui n'interagit pas. Alma a perdu les notices explicatives. Elle ne maîtrise plus les conditions générales d'utilisation.

D'aussi loin qu'elle se souvienne elle s'est imaginée filmée, actrice ordinaire dans la vie des autres, jamais tout à fait principale dans la sienne. Figurante d'une succession de scènes, silhouette parmi les silhouettes, personnage secondaire briguant le premier rôle sans y croire vraiment. Alma enlève le mode avion et le téléphone se hâte de vibrer tout son saoul. Elle n'écoutera pas les messages, frémit rien que d'y penser. Elle se sent pour l'instant incapable d'affronter l'incompréhension de Mathieu qu'elle vient de quitter sans préambule. Un SMS, un changement de serrure. C'est moche. Comme les fois précédentes, cette nécessité l'a saisie au saut du lit. Une subite certitude, c'est ainsi. S'il insiste, elle bloquera son numéro. Il ne se tenait pas devant l'immeuble, ce qui est plutôt bon signe, non ?

Elle se sent sale, hypocrite, lâche, pitoyable. Consciente que ce nouvel épisode de son soap-opéra personnel ne va pas regonfler le peu d'estime qu'elle a d'elle-même. Elle déteste pourtant blesser, rêverait que Mathieu et le serrurier comprennent. Comme les fois précédentes, elle s'est trouvée contrainte de prendre ce type de décision. En réalité, elle est la première usée par toutes ces scènes. Replonger sans cesse dans des histoires quasi semblables, s'empêtrer dans des situations qui se confondent, et qui n'ont de romanesque que l'apparence. Elle est usée, ressent le besoin d'un verre de vin.

Ses amis la taquinent. Elle est tour à tour cœur d'artichaut, séductrice, mante religieuse, provocatrice, joueuse. Ils ne savent pas tout.

Ses amis s'inquiètent. Elle passe pour instable, déraisonnable, allumeuse, consommatrice en voie de péremption. Ils sont loin de tout savoir.

Sa famille ne saisit pas grand-chose. Elle est à la fois hypersensible, incohérente, insondable, peut-être lesbienne, singulière et fragile. Allons, ça finira par passer. Le travail c'est déjà ça. La vie c'est pas si facile, on le sait.

Elle fait des détours pour éviter de passer devant les établissements scolaires.

Alma a envie de courir. Ce soir, encore plus que d'habitude, ça la démange carrément. Elle enfile un tee-shirt et un collant, dont le lycra épouse un corps qu'elle estime trop sec, trop musclé. Elle s'autopunit, ça ne fait aucun doute, contraint son corps pour punir son esprit. Allons, allons, expions cette lâcheté, il nous faut rattraper ces fautes sur l'autel sacrificiel de l'effort. Emplie d'une soudaine résolution, elle lace ses baskets : un jour, elle convoquera les hommes qu'elle a subitement fuis, successivement mis à la porte. Elle voudrait qu'ils comprennent qu'il serait stérile de lui en vouloir. Lorsqu'elle s'emballe, c'est toujours sincèrement. Durant un temps, elle croit en la possibilité d'un bonheur à deux, et puis c'est la merde, Ben vient inlassablement tout foutre en l'air. Elle est bien la première à regretter que ces essais successifs ne se transforment jamais. Alma zippe la fermeture éclair de son haut de sport avec humeur. Elle est victime tout autant qu'eux, totalement en proie à son propre dysfonctionnement, spectatrice de son insupportable incapacité amoureuse. Son compteur est resté bloqué des années en arrière.

Alma entrouvre précautionneusement la porte. Le palier est désert. La plupart du temps, l'histoire se tasse rapidement parce qu'elle ne les choisit que gentils. D'ailleurs, il est incorrect de dire qu'elle sélectionne ses conquêtes. Ce sont eux, le plus souvent, qui viennent au-devant d'elle. À en croire les magazines féminins, passé le temps de la séduction les hommes se défausseraient rapidement. Mais Alma ne constate pas cela. Sans doute, par le détachement qu'elle affiche, incarne-t-elle l'inaccessible. Probablement est-elle perçue comme un des derniers bastions féminins à prendre. Seulement, Ben a pratiqué la technique de la terre brûlée avant son départ, ce qui est dommageable pour les hommes qui cherchent à l'atteindre.

Alma croit pourtant aux prémices, aime la magie des rencontres, la sensualité d'un corps inconnu. Elle se persuade, se berce d'espoirs et d'illusions. Elle s'agrippe aux spectres des possibles. Ces Bertrand, Paul, Younes, Arthur, Gérald, Vincent, Alex et consorts sont parfaits sur le papier. Idéaux dans l'absolu. Pour une vie à deux, des projets en tout genre, des vacances à l'île de Ré, des virées chez le géant scandinave, treks dans les Alpes, présentations aux grands-parents ou encore rêves d'appartement plus grand. Elle n'est désormais plus surprise lorsque cela se produit, ne cherche plus à lutter quand la boule revient. Cette foutue putain de boule, qui prend naissance au fond du ventre, puis remonte peu à peu. La cage thoracique, la trachée, la gorge. Jusqu'à l'oppression, l'étouffement. À ce stade, Alma ne tient physiquement plus. Passé un certain palier, elle ne peut se leurrer davantage. La fête est finie, rentrez chez vous, je m'occupe du ménage. Alors, si par malheur elle a déjà confié un jeu de clés, elle se résout à contacter le serrurier aux gros sourcils, et ainsi de suite… Soupir. Dire qu'elle a fini par enregistrer l'artisan dans sa liste de contacts téléphoniques.

Alma progresse prudemment dans le couloir. Rien à l'horizon. Elle double les nœuds de ses lacets et dévale l'escalier en petites foulées. La porte de l'immeuble claque derrière elle sans qu'elle y fasse attention, le casque déjà vissé sur les oreilles. Juliette Armanet entame «Cavalier Seule», et Alma le bitume. Elle allonge la foulée, essaie de distancer l'Alma qui abandonne, celle qui se défausse, celle qui n'assume pas. Elle cherche à rattraper celle qui pourrait s'ancrer dans la vie et arrêter de jouer les rôles de composition. Elle la talonne presque, accélère, insiste un peu plus sur les pointes de pieds et convoque toute la puissance dont elle est capable. L'espace d'un instant elle y est presque, elle sent qu'elle pourrait agripper cette femme pleine de vie, elle tend le bras… il est déjà trop tard. Raté, une fois de plus. Elle ralentit alors la cadence, ravale des sanglots qui montent soudain. La boule largue son flot d'acidité. Pauvre chérie, tu n'envisages pas de te plaindre ! Qui met le feu aux poudres ? Qui exécute les peut-être et les futurs en devenir ?

Son corps encaisse. Habitué, fidèle, il la supporte. Ses jambes déroulent, instinctivement. Il lui faut courir et courir encore, c'est la seule solution. Les pieds attaquent le sol avec une régularité métronomique et son souffle, bon petit soldat, redevient convenable. Si elle contrôle, la boule et son lot d'angoisses retourneront se tapir un temps. Dans les creux et les espaces apparus durant les années de sécheresse traversées, la boule ira se terrer.

Jusqu'à sa prochaine visite, elle est urbaine, Alma donnera le change.

*

Alma se sent nostalgique de l'enfance. Elle regrette de ne pas avoir suffisamment profité du tunnel d'insouciance qui s'offrait. Impatiente, elle brûlait de liberté, d'aventures et d'après prometteurs. Avec le recul, elle aurait souhaité qu'on la mette en garde sur la complexité de la vie d'adulte. Maintenant tout ce qu'elle traverse est compliqué. Son esprit passe son existence au filtre de la mélancolie. Elle inventorie constamment ce qui est passé, ce qui ne reviendra plus. Alma s'épuise à lutter contre un avant qui la retient, un amour qui l'a dépecée et la garde enserrée dans ses griffes. Depuis six ans cette relation exerce sur sa nuque une pression continue. Ben. Elle tangue, sous la menace permanente de la tempête. Comment espérer construire dans ces conditions… Ces hommes qui traversent sa vie sont autant de tentatives de se maintenir à flot, de croire à un semblant d'équilibre. Le moyen qu'elle a trouvé pour rester dans le jeu. Elle tombe, et ces simulacres d'histoires figurent des branches auxquelles se raccrocher. Parfois elle imagine qu'une, plus résistante que les autres, fera office d'issue de secours.

Alma a jeté les draps qui ont connu Mathieu. Les laver n'aurait pas été suffisant. Elle ne veut plus la moindre trace de son passage, il faut faire table rase de cette histoire. Elle ne répond à aucun message, bien consciente de la violence qu'elle lui inflige. Comme les autres, il tournera la page.

Alma, lucide, sait qu'immanquablement un autre homme entrera en scène. Oui, passé le temps de l'indispensable solitude reviendra celui de la compagnie rédemptrice. Depuis plusieurs années, seules les irruptions de Ben perturbent ce rythme saccadé. Il surgit sans crier gare après une énième disparition et Alma, toutes affaires cessantes, accourt, ramasse les miettes que, grand prince, il lui jette et qu'elle s'applique à vénérer comme s'il s'agissait de reliques. Elle se giflerait.

Alma voudrait des mains, un corps, un prénom pour la tenir éloignée du gouffre qui la nargue et qui paraît, si elle risque un coup d'œil, chaque jour un peu plus profond. Elle glisse dans la baignoire, maîtrise la discipline à la perfection. La température, le volume d'eau, le thé à portée de main, les lectures en trop grand nombre, les magazines et le téléphone, comme pour tenir un siège. Elle pratique les ablutions avec professionnalisme, elle est ceinture noire de mousse, master en ajustage d'eau chaude. Là, elle se sent bien, mieux que nulle part ailleurs. La mélancolie se dissout, elle pense moins, quasiment plus. La plupart du temps, elle ne touche pas aux livres posés en équilibre instable sur le rebord ou sur un tabouret.

Ses idées vagabondent. Elle devrait s'en tenir au travail et aux amis, ça elle gère. Pourquoi s'infliger tant de tourments ? Elle n'est peut-être pas faite pour être en couple, pas en mesure de partager la vie de quelqu'un, si ce quelqu'un n'est pas Ben. Avec un autre, elle a rapidement la sensation d'étouffer. Elle n'aura sans doute pas d'enfants, mais en désire-t-elle vraiment ou est-ce la société qui lui met la pression ? Trop de questions. Dans l'eau chaude, elle se tranquillise. Elle pense moins, de moins en moins, tutoie le sommeil qui infiltre bientôt les vapeurs chaudes. Dans cet état floconneux, elle flotte, rajeunit, tout est possible. Ici, elle ne blesse personne et ne se laisse pas non plus impacter. Ici, son corps est matrice. Durant quelques minutes, ses actes ont une portée relative, elle se sent à l'abri.

Le téléphone vibre, la tirant violemment de cet état semi-végétatif. Elle a effacé les précédents messages de Mathieu sans les lire mais ne résiste pas à celui-ci.

« Assume. Cette façon de faire est puérile et inhumaine. »

Alma encaisse le choc, éloigne l'objet et plonge la tête sous l'eau. Inhumaine ou trop humaine ? Difficile à dire. Les événements s'enchaînent sans qu'elle le décide. Elle ouvre la bouche, libère des bulles d'air qui, désespérées, remontent à la réalité. Elle doit grandir mais n'y parvient pas. Elle a suffisamment mûri contre son gré. Les hommes viennent vers elle, papillons de nuit attirés par la lampe tempête. Elle est le phare dans leur obscurité, répondant à leurs demandes, trop lasse pour s'y refuser. Elle expulse l'air restant de ses narines. Le mécanisme habituel se met en branle, c'est la suite logique. Après la boule vient la honte. Après la gêne, les remords. Enfin, s'annonce la colère. Bordel ! Qu'importe ce que ressent Mathieu après tout, et qu'importe la manière ! Elle s'en cogne. Puisqu'elle éprouve l'impérieux besoin de retourner à la solitude, elle retourne à la solitude, c'est aussi simple que ça. Inhumains ou pas, ses actes répondent à une nécessité !

Elle émerge, inspire profondément, revient à la vie. Elle sèche ses mains sur l'épaisse serviette de coton blanc et saisit le téléphone. Elle fait défiler le répertoire et bloque le numéro de Mathieu. Elle refuse qu'il l'envahisse virtuellement alors qu'elle l'a chassé physiquement. Son doigt remonte le répertoire jusqu'à la fiche de Ben, elle se ravise et éloigne le smartphone. Il faut que ça cesse.

Cette fois, tout sera différent.

Cette fois, elle s'en fait la promesse.

Bientôt, elle veut y croire, viendra ce moment où elle vivra pleinement.

Pour en arriver là, il lui faut résister.

VADIM

Je suis sorti de l'hôpital il y a dix jours. Après être passés par toutes les teintes Pantone du glauque, mes hématomes s'estompent. J'ai toujours mal aux côtes mais c'est normal. Ils m'ont prévenu que ça durerait un moment lorsqu'ils m'ont retiré ma résine Playmobil.

La première semaine, la question de retourner au collège s'est pas posée, alors je l'ai pas posée. Xavier a mis ça sur le tapis dimanche. Avec les formes et tout, je peux pas dire le contraire, mais j'avais juste pas envie d'évoquer le sujet. Je me trouve bien à l'appart. Ma mère s'est contentée de hocher la tête au départ. Son air étonné très mal feint m'a fait dire que glisser le sujet à table, entre les pâtes carbo et les Danette, avait été salement prémédité. J'ai râlé un peu, pour la forme et parce que c'est ce qu'ils attendaient, mais au fond je savais que j'y couperais pas beaucoup plus longtemps. Les deux camps ont pas mal argumenté, mais un consensus s'est rapidement dégagé : mon retour se ferait le mercredi et ma mère me déposerait au bahut. Emballez, c'était pesé, y avait pas à lutter. En observant leurs mines aussi réjouies que celle d'un type qui retrouverait un transit intestinal normal après un mois de constipation, j'ai réalisé qu'ils pensaient batailler un poil plus. Comme dans la foulée j'ai disputé une partie d'échecs avec Xavier, je suis à peu près sûr qu'ils ont marqué la journée d'une pierre blanche de la taille d'un menhir.

Hier, donc, je me suis extirpé de mon lit à sept heures. Enfin, disons que ma mère est venue me secouer en râlant que mon réveil hurlait depuis un moment. J'ai vérifié mon sac à dos avant de tenter de manger un bout, sans succès. J'ai de moins en moins faim depuis l'accident, c'est sûr, mais là c'était pire que tout, j'avais le ventre totalement noué de stress. Depuis la décision de la reprise j'imaginais la cour, je fantasmais sur les profs, les autres, les vivants. Les regards et les murmures.

On est montés dans la voiture sans échanger un mot. Durant tout le trajet, j'ai essayé en vain de trouver un truc à dire, histoire de détendre un peu l'atmosphère. J'ai regretté que Xavier se soit chargé de déposer Tom à la maternelle. On a beau dire, pour mettre une ambiance digne de ce nom, on a pas encore trouvé mieux qu'un gosse de quatre ans. Ensuite, faut pas être regardant sur la qualité du service. Ma mère a proposé de se garer un peu en retrait. Elle a juré le contraire, mais c'était évident qu'elle voulait s'assurer que je passe les grilles du bahut.

Pour le retour, il était convenu que je rentre à pied. Je me sentais pas capable de prendre le métro. Et puis il faisait beau, étonnamment beau. D'ailleurs ma mère y avait vu un signe d'encouragement, forcément. Quand la vie déraille, il semble humain de s'accrocher aux choses immuables, à tous ces trucs qui, mis bout à bout, font figure de jalons rassurants. Rien n'est en mesure de stopper l'enchaînement des saisons, vous voyez ? Certes, plus ou moins chaotiquement, le réchauffement climatique, tout ça, mais quand même… Ce jour-là en était l'illustration parfaite. Après des jours et des jours de pluie, le soleil se décidait enfin à s'installer plus de deux heures et tout le monde réalisait qu'il y avait des bourgeons partout. Trop occupés à nous plaindre de toute cette flotte, on n'avait pas fait gaffe qu'il faisait doux depuis un bout de temps.

Je suis sorti de la voiture en essayant de sourire. Je crois que ça ressemblait plus à une grimace ou aux mimiques qu'on peut avoir après une anesthésie chez le dentiste, mais ça a eu l'air de suffire au bonheur de ma mère : « Ça va aller. » Je me suis demandé ce qu'elle pouvait bien entendre par là, parce que oui, techniquement, j'allais rentrer dans cette cour, la traverser, puis monter des escaliers. Ensuite j'ouvrirais une porte et j'irais même jusqu'à pousser le vice à pénétrer dans une salle de cours. Tout ça répété plusieurs fois, et durant plusieurs heures. Mais en réalité, dans ce programme, je parvenais pas à voir ce qui « allait aller ». J'ai bien entendu gardé mes réflexions pour moi en claquant la portière de la voiture. Trop fort, comme d'habitude, mais ma mère, cette fois, a même pas froncé les sourcils, c'est dire si elle se contenait, je crois que j'aurais pu chier sur le tapis de sol qu'elle aurait pas moufté.

Dans la rue, une fois mon grand corps déplié, j'ai inspiré parce qu'il le fallait bien. Je me suis dirigé vers le collège en me répétant comme un mantra en mousse que oui, ça allait le faire. J'ai aperçu un type de ma classe. Le gars a esquissé un signe de tête dans ma direction en sautant de son skate et ça m'a semblé être un bon début, une mince preuve que mon combat du jour était peut-être pas perdu. J'ai continué d'avancer malgré mes semelles qui pesaient des tonnes. Je me sentais tel le marathonien qui approche de la ligne d'arrivée, sauf que ma ligne c'était la grille, et que j'avais que cent mètres à faire. Chacun ses challenges. Autour de moi y avait des élèves, que je connaissais ou pas, des professeurs que j'avais ou pas, et puis le surveillant de permanence qui heureusement était pas celui du jour de l'accident.

Toutes ces personnes avaient poursuivi leur vie depuis l'accident, sans se soucier de moi, sans se préoccuper de mon absence. D'abord, j'ai trouvé ça bien, presque normal, disons. Ensuite un peu flippant. Puis je me suis souvenu que ma mère m'observait et un truc s'est imposé à moi : je pouvais pas faillir. Comble de l'ironie c'est cette pression qui, je crois, m'a fait dérailler pour de bon. L'idée que je pouvais tout simplement pas lui infliger ça. Avec tout le souci que je lui donne et ce qu'elle doit faire chaque jour pour nous trois, sans compter le stress à son travail et le reste, dont j'ai pas la foutue moindre idée, je pouvais pas. Mais la vérité c'est que même si je pouvais pas, eh ben j'ai pas pu. Tout à coup j'ai eu super mal au ventre, quelque chose de l'ordre du foudroiement intérieur, un truc sous la peau, à même l'organe. Je me doute que ça paraît démesuré, mais c'est la vérité. Je suis resté bien droit dans un premier temps, essayant d'encaisser les sensations tant bien que mal. Mais il y a rien eu à faire, subitement j'ai eu l'impression que quelque chose s'était rompu en moi et coulait lentement. Une sensation acide et froide qui gagnait chaque seconde du terrain. Peut-être même que j'allais fondre sur place. J'étais persuadé que ça allait me paralyser, ce qui a fait qu'empirer la situation. Pourtant, coûte que coûte, je me devais d'avancer. Pour ma mère et ce que ça impliquait, je devais avancer. Bon, ça c'est ce que je me disais, parce que dans les faits je me suis figé comme un flan à quelques mètres de la grille. Des gouttes de sueur perlaient sur mon front quand j'ai réalisé que j'étais trempé de partout, aisselles, ventre, et je vous parle pas du reste, ce serait incommodant pour tout le monde. À la fois, je trouvais cette situation tragi-comique, ce contraste entre les autres qui se contrefoutaient que je revienne alors que bêtement j'avais imaginé que mon retour serait l'objet de toutes les attentions, et cette pression de fou que je me collais pour reprendre un cours d'existence normal. Rien que ce terme accolé à ma vie est risible, sans rire.

Ma mère m'a regardé revenir à la voiture, la bouche un peu ouverte, les yeux un peu fermés. Elle m'a observé ouvrir la portière, a considéré chacun de mes gestes. Comme si ses neurones lui envoyaient des télégrammes. Retour – stop – ouverture porte – stop – échec mission. Sidérée, mais appliquée à faire mine de rien, qu'elle était. J'ai pris place sur le siège passager, ai calé mon sac à dos entre mes pieds, puis j'ai entrepris de boucler ma ceinture avant de stopper mon geste pour retirer mon sweat, parce que j'en pouvais plus de toute cette transpiration, de ce corps qui s'était mis soudain à bouillir alors que c'est pas du tout dans ses habitudes. Ce corps qui avait décidé comme un seul homme de se désolidariser de l'entité bancale qu'on formait lui et moi jusqu'à cet instant.

On est restés stationnés sur le trottoir un paquet de temps, sans rien se dire, le silence juste malmené par le bruit hypnotisant que font les warnings. C'est ma mère qui a réussi à parler en premier. D'une voix que je ne lui connaissais pas elle a demandé si je voulais rentrer directement ou faire un tour. J'ai pas su quoi répondre. C'est vrai qu'il faisait un temps à chercher un peu de verdure ou à se poser en terrasse en se laissant inonder par les rayons. J'ai préféré rentrer, j'avais envie de retrouver ma chambre, besoin de ma zone tampon. Durant le trajet retour, j'avoue que je me suis demandé comment un mec qui se défendait d'avoir voulu mourir pouvait éprouver autant de mal à juste retourner au collège. À ce point, je veux dire. Durant ces kilomètres, la tête posée contre la vitre, accompagné par Asaf Avidan à la radio, je me suis dit qu'il était possible que je sois un peu en train de perdre le contrôle. Ma mère a reniflé discrètement avant de simuler une quinte de toux pour masquer ses sanglots, et alors un soupir XXL m'a échappé. Le genre qui déboule d'on ne sait où. À la différence d'un soupir classique, il m'a pas soulagé. Au contraire même. À croire que l'air que mes poumons ont expulsé a chassé la brume qui masquait les dossiers de ces dernières années. Des choses que j'avais soigneusement éludées sont subitement apparues. Je les distinguais d'en haut, les survolais comme autant de cités en ruines. Je me trouvais physiquement dans la voiture, mais j'étais tellement pas là, cerné par toutes ces merdes. Et puis la brume s'est doucement réinstallée, sournoise et muette. Perfide. Plus dense aussi, il m'a semblé. Et plus elle reprenait ses droits plus je perdais de l'altitude, et ça, je savais que c'était mauvais signe.

Quand ma mère a coupé le contact, elle est restée plusieurs secondes agrippée au volant, hypnotisée par le pare-brise. Je ne sais pas lequel de nous deux se sentait le plus dépassé par le moment, mais à mon avis on était pas loin d'être ex æquo.

*

Je repense à ma vie d'avant. Pas aux années d'avant l'attentat, mais aux années Valentine. Elle s'y est introduite en même temps que sa famille dans l'immeuble. Elle m'a jaugé un temps dans la cage d'escalier avant de décider qu'on avait des choses en commun. La souffrance, déjà, et un talent certain pour le mutisme. Ensuite, Valentine s'est trouvée parachutée dans ma classe et a imposé de s'installer à côté de moi. Je me suis senti flatté avant de comprendre qu'elle me voyait en bouclier humain, suffisamment neutre et inoffensif pour faire rempart au reste du collège. À compter de ce moment on s'est pour ainsi dire plus quittés, et de fait ma mère a respiré un peu plus large, parce que la présence de cette gamine à mes côtés ça tenait la solitude à distance.

Avec Valentine on se comprenait à demi-mot, au quart de tour. J'ai pas souvenir de longues discussions, en revanche je pourrais décrire les nuances, les matières et la texture des silences partagés. Je reste persuadé que c'est parce qu'elle savait que je voyais mon père certaines nuits qu'elle s'est à son tour ramenée dans mes rêves une fois partie. Je crois pas aux fantômes, encore moins aux esprits. Je crois en rien, mais la nuit j'ai besoin de leur présence, c'est comme ça et c'est surtout le seul moyen que j'ai bricolé pour garder un lien avec eux. Ça fonctionnait encore il y a quelques mois, et maintenant que j'y arrive plus, que je vieillis, que je glisse dans l'âge adulte, j'ai plus assez de jus pour les faire venir. C'est la panique, faut que je trouve un truc.

Je repense aux échanges que Valentine avait avec le petit clodo du coin de la rue, et à moi qui flippais, pas toujours à l'aise avec l'odeur. Je repense aux regards durs qu'elle me balançait en secouant la tête, déçue. Je repense au vieux qui la couvait du regard, qui l'appelait princesse quand elle lui filait son pain au chocolat. Princesse, je valide. Beauté d'âme, attaches fines, le corps comme une liane et les taches de rousseur en points de suspension. Mais ça, fallait surtout pas lui dire. Je l'avais d'office compris, mais pour être bien certaine que l'information était gravée dans mon marbre intérieur, elle m'a plaqué salement contre un mur une fois que j'avais baissé la garde et que je m'étais laissé aller à la considérer un peu trop fort.

Je repense aux fous rires pour rien, aux blagues de poubelles pour faire chier Brandier. Aux vies des voisins qu'on imaginait, le papy du premier qui sort toujours en charentaises et qu'on rêvait espion à la retraite, et à Grosses Lunettes qui se tape tant de mecs qu'on a pas le temps de suivre. Aux photos de toits et de lune qu'elle prenait à la pelle et à mes collages qu'elle examinait, longuement et sans se moquer. J'en rougis encore.

Je repense aux heures passées sur les toits. Celui de l'immeuble et ceux environnants, accessibles par des passages qui filent des suées même les jours de gelée. Les ascensions, moi pas rassuré à la suite de Valentine, tandis qu'elle observait mes gestes, son regard sombre plein de défi. Les couloirs sinueux entre les conduits de cheminées, les tuiles glissantes, les ardoises recouvertes de mousse. Sous ses abords tranquilles, Valentine tellement vive. À ses côtés la joie paraissait presque accessible. J'ai eu peur tant de fois pour elle, mais c'est de son plein gré qu'elle a décollé.

Je repense à cette année sans elle, la plus terrible de toutes. À ses visites nocturnes, réconfortantes qui sont venues prendre le relais de celles de mon père. C'est là que ça se joue, j'en suis conscient. Depuis plusieurs mois, le placebo fonctionne plus. La part en moi qui permet ces visites rapetisse. L'enfance se tire, perd du terrain et c'est la merde. Sans eux je suis pire que seul. Pourtant mon père de l'autre côté de la rue, Valentine à l'hôpital… Faut que je trouve un autre moyen, un autre canal, que je lutte, coûte que coûte. Si je maintiens le lien, je pourrai continuer.

*

J'aime bien ces journées passées seul à l'appartement. Je trouve ça grisant. En plus je peux prendre des bains quand ça me chante, et ça c'est cool. Xavier a fait aucune remarque sur le retour au bahut qui a viré au fiasco. Ce gars a des nerfs en acier trempé et supporte avec patience la progéniture à problème qui faisait partie du package. Je me fais discret quand ils rentrent du travail, en espérant que, par extension, ça repousse d'autant la probabilité d'un nouvel essai.

Globalement ma mère me cherche pas trop. Faut dire que, me concernant, elle a mis la barre plutôt bas. Dans la mesure où je suis pas trop maigre, que je souris une fois de temps en temps, elle fait comme si tout allait bien. Moi, je gagne du temps, qui depuis l'accident passe curieusement. Il y a des heures qui s'évanouissent tandis que certaines minutes semblent s'incruster dans les fibres du tapis. Je passe quatre à cinq heures à lire chaque jour, ce qui me permet de voyager en restant peinard au fond du lit. Je me dois d'être honnête, sans les bouquins j'aurais vrillé depuis un sacré bail. Pour meubler le temps qui reste, je mate des documentaires animaliers et puis surtout je colle, des trucs, des formes, le tout à partir d'objets de récupération. Quand j'estime qu'il y a plus rien à faire et que le projet est fini, je peins et je vernis. Je dors pas mal, aussi, dans le bain ou dans mon lit, ce qui explique sûrement pourquoi j'ai autant de mal à trouver le sommeil le soir venu, et sans doute pourquoi, les yeux grands ouverts dans le noir, je fais une fixette sur le toit-terrasse. Notre toit. J'y suis pas retourné depuis que Valentine a joué les filles de l'air, probablement conscient qu'une part de la catharsis se jouera en cet endroit, que j'ai jamais réussi à refréquenter depuis l'envol.

Quand, d'un coup, au beau milieu de l'après-midi, je décide que c'est le moment. Je décide qu'il me faut tenter quelque chose de concret. Peut-être parce que j'ai pris une bière dans le frigo alors que je suis pas habitué à boire, ou peut-être juste parce qu'il est temps. Quoi qu'il en soit je me dis que je peux plus reculer, que si je me défile cette fois, de ma vie je serai plus jamais en mesure de mobiliser suffisamment de courage. Je décapsule une autre bière, et en bois la moitié. Plus, je vais pas gérer. Je vide le reste de la bouteille dans l'évier et planque les cadavres au fond de la poubelle. Dans la continuité de mon geste, quasi sur pilotage automatique, je me dirige vers la porte de l'appartement, bien décidé à tenir bon. Trois minutes plus tard je me tiens devant la porte qui donne sur le toit.

L'accès est normalement interdit aux habitants de l'immeuble, parce qu'uniquement réservé à l'entretien, mais Valentine avait mis la main sur un passe. À son décès j'ai prétendu que je savais rien de tout ça. Leur expliquer aurait été la trahir une deuxième fois. La première c'est de pas avoir été là pour la retenir, même si elle s'était arrangée pour se trouver seule.

Je suis là. Incapable de bouger.

Je suis là, à pas en revenir d'avoir eu le cran d'ouvrir cette porte. Non que je me trouve très courageux, ça fait près d'un an que Valentine est partie alors on peut pas considérer ce retour comme prématuré, mais je suis sidéré qu'il se soit rien passé de particulier quand j'ai tourné la poignée. Elle m'est pas restée dans les mains, personne a surgi devant moi, et la foudre a pas soudainement fendu le ciel pour s'abattre sur le sommet de mon crâne. En fait, ici non plus rien n'a changé. Rien n'a changé et c'est peut-être bien le plus fou dans toute cette histoire, quoi qu'il se passe, au final rien se modifie vraiment. Des gens naissent, d'autres sautent dans le vide, et la terre continue de tourner.

Le petit rebord qui nous servait de banc est toujours là. Les antennes toutes dressées semblent toiser Paris, les ardoises cassées juste à l'angle, les chiures de pigeons à côté des grillages anti-pigeons, comme autant de fientes en forme de doigts d'honneur. Et puis la verrière en contrebas, celle de l'appartement du dernier étage où vit la fille aux grosses lunettes qui se tape plein de mecs. On y a fait pas mal de concours de crachats, j'avoue. Tout est là, toujours là, et c'est comme si j'étais venu hier, enfin pas hier, mais la semaine dernière, quoi. Tout est là et ça m'intimide quelques minutes, je sais pas si je peux, si j'ai le droit. Je me sens comme Indiana Jones quand il doit s'aventurer dans le sanctuaire. Et puis je me dis qu'il y a pas de raison, que s'il y a une seule personne qui peut légitimement se tenir là, une qui va pas déranger la mémoire de Valentine, c'est bien moi.

J'avance comme on avance pour pas réveiller un bébé qui vient de s'endormir. Si lentement, si délicatement que je pourrais marcher sur des œufs de colibris nains sans les casser. Je retiens ma respiration en me posant à ma place, jamais j'oserais prendre la sienne. Quand je cale mes genoux sous mon menton, je vois le cendrier, ou plutôt le truc moche en terre cuite qu'elle utilisait comme cendrier, coincé comme toujours dans le recoin de la gouttière. Parce que Valentine avait des principes, fumer, mais pas polluer. Moi je fume hyper rarement. En voyant les deux mégots tout détrempés et rabougris, la buée s'installe direct et je me prends violemment l'imparfait dans le buffet. Coup droit et uppercut. Défaite par K.-O. Quand je reprends mes esprits, j'hésite un instant à aller à la pêche, à vider le fond d'eau croupie et à choper les mégots, pour les toucher, les sentir, ou même en glisser un entre mes lèvres. Mais ça servirait à rien. Hormis le fait que ce soit dégueu, les mégots détrempés ont jamais fait revenir personne.

Je suis assis là, conscient d'y être parvenu artificiellement. Sans la bière qui fait encore battre fort les veines à la base de mon cou, j'aurais pas osé. Maintenant que je suis posé j'ai plus envie de bouger. Je pourrais rester à cette place durant des heures alors qu'il faut que je rentre si je veux éviter les questions. Je regarde les toits, les rues et le parc, un peu plus loin. Il commence à faire doux et les journées rallongent. Ses visites me manquent. Depuis Valentine, où que je me trouve je suis en dehors de moi. Je l'ai toujours un peu été, c'est clair, mais encore plus depuis qu'elle a déserté le secteur. C'est comme s'il y avait un problème sur la ligne, je suis sourd aux choses que disent les gens, et en retour personne me perçoit comme il faut. Je me résous à rentrer, mais je sais que je vais revenir. Je tournerai la page sur les toits, oui, il me faut tourner cette saleté de page. J'apporterai de la musique, en mémoire des écouteurs qu'on se partageait. Un livre, en souvenir des passages que je lisais, en souvenir des soupirs et des moqueries qu'elle lançait à l'intello que je peux sembler être, parfois. En mémoire des silences qu'elle laissait s'étirer volontairement pour que je reprenne ma lecture, encore et encore. J'avais peur de revenir ici, comme une victime craint de retourner sur la scène du crime. J'avais peur de nourrir la vague, de l'alimenter, qu'elle grossisse un peu plus encore, mais je regagne finalement l'appartement plus léger. Quand j'ai tiré la porte derrière moi, en prenant soin de la verrouiller avec la clé, et que j'ai senti cet appel d'air dans le couloir, c'est un peu comme si Valentine l'avait poussée.

Le soir, quand ma mère m'interroge sur ma journée, je prends garde à pas dépasser le quota de mots habituels, à pas paraître différent, décontenancé ou réjoui. Malgré tout – elle est balaise – ma mère flaire le changement. Je le sens à sa façon de pencher légèrement la tête sur le côté quand je pique du nez vers mon assiette. À ce moment-là, je me dis qu'il sera prudent de balancer les prochains cadavres de bouteilles dans le conteneur du bas de l'immeuble.

ALMA

Alma se rend au cabinet médical en courant. Le bâtiment est invariablement désert lorsqu'elle investit les vestiaires pour prendre une douche. Elle apprécie son lieu de travail et la neutralité de cet endroit rassurant. Elle s'y sent à l'abri, protégée de l'extérieur hostile. Ici, elle sait comment agir, comment se comporter. Ici, et c'est tellement bon, il y a des codes, des règles, des usages et des posologies à respecter.

Parfois Alma se prend à espérer que la vie amoureuse puisse se régler à coups de protocoles. Dans ces conditions, elle se laisserait aller. Probablement elle consentirait à s'ouvrir, à dire ce qu'elle pense, ce qu'elle attend, ce qu'elle espère, ce qu'elle veut, et non à jouer ces rôles de composition. Peut-être comprendrait-elle après quoi elle court, de plus en plus souvent, de plus en plus longtemps. Jusqu'à la souffrance ces jours-ci. Elle frotte son genou droit. Lorsque l'ostéopathe a évoqué un syndrome de l'essuie-glace, elle a placé précautionneusement le diagnostic dans une zone de son cerveau en friche et aussitôt tiré un lourd rideau sur cette idée.

Les autres arrivent selon un ordre établi. Les collègues, la secrétaire, les assistantes, les médecins de l'aile voisine, le dermato narcissique, le gynéco flambeur, les infirmières et la psychologue qui occupent l'étage, les kinés, le podologue. Bientôt la ruche est au maximum de son effervescence. Chaque alvéole est compartimenté, parfaitement isolé des autres. Ils sont chacun chez soi, ensemble, mais séparés, dans ce bâtiment flambant neuf. Julie passe la tête par la porte entrebâillée et Alma lui sourit. En apparence, la dentiste est la même qu'hier, rien ne s'est produit.

Alma accueille le premier patient. Il ôte son manteau, se souvient de l'emplacement de la patère, c'est un habitué. Ils se connaissent bien, la blague est facile, la discussion roule, rassurante, avant de pratiquer les premiers soins. Elle sait vers quoi elle s'engage, prépare ses plans de traitement. Ils ont de nombreuses séances devant eux et quelques heures de tête-à-tête en perspective. Le temps disparaît, Alma est concentrée. Ses mouvements sont tendus et précis, professionnels, elle attrape les instruments que Julie lui tend, devançant presque ses attentes. Alma exécute machinalement la succession d'actes. Tout ici a une logique, rien n'est laissé au hasard et elle puise du réconfort dans cet ordre immuable. Pendant que ses doigts dansent, que ses mains virevoltent, elle décroche. Ses pensées sont tournées vers le haut de la pièce et à cet instant, il lui semble vivre la scène de l'extérieur, elle est tellement rodée à l'exercice qu'elle se met en mode automatique. Le patient est exemplaire, un modèle de coopération, l'idéal pour débuter la journée. Elle vagabonde, son esprit fait mille détours, après quelques minutes, impitoyable, il revient sur le souvenir de Mathieu. Le jeune homme est déjà si flou dans sa mémoire, c'est vertigineux. À croire que le process de nettoyage de son disque dur est déjà en marche. Leur histoire a duré quoi, deux mois ? Alma ne pourrait lister les hommes qui se sont succédé dans son lit depuis toutes ces années. Depuis Ben. Sa présence, son corps, ses mains aux doigts courts et épais, son rire. Sa cicatrice au menton. Un cri la tire de l'apnée dans laquelle elle était plongée, deux paires d'yeux sont tournées vers elle, les sourcils du patient froncés. Elle sourit, s'excuse, balaie la douleur d'une explication, il n'y a pas meilleure parade. Le patient a déjà oublié, il commente, elle paraphrase. Météo, coût de la vie, mutuelle, anecdotes, elle aime ces moments qui la lient à ceux qui s'en remettent à elle.

Elle tend une casquette tombée, raccompagne à la porte. Elle serre la main, elle dit au revoir, à la semaine prochaine, penche la tête, elle prenez soin de vous.

Elle attend d'être seule, s'adosse au mur, se tasse. Et ferme les yeux.

*

Ils ont eu leur moment, mais il n'a pas duré. Ben. Ben. Ben. Ben.

Alma collectionne toutes ces présences masculines en réponse à la douleur qu'elle a encaissée au départ de Ben. Elle a salement morflé. Lorsqu'elle repense à ceux qui ont suivi, elle a la sensation de se trouver au milieu d'une expérience sociologique qui aurait mal tourné. Pourtant, tout ce glauque, ce n'est pas elle. Cette collection est le résultat d'une souffrance, d'une quête irraisonnée et irrationnelle d'un équivalent. Alma, au plus profond de son ventre béant, sait cela. Malgré tout, elle court encore, sans parvenir à se raisonner, après celui qu'elle pense fait à sa mesure. Elle ne peut se résoudre à jeter l'éponge, il faut qu'elle en soit persuadée pour deux puisque Ben n'a pas saisi le message. En attendant, Alma essaye de devenir une meilleure version d'elle-même. Tel est son chemin de croix. Elle se rêve brillante, incandescente, capable de retenir cet homme.

Au sujet de Ben.

Certains amis soupirent, haussent les sourcils,

font la moue. Ils ne commentent même plus. Vu, vu et revu.

D'autres compatissent, prennent dans les bras, consolent. Elle doit tourner la page. S'il te plaît. Tu te fais du mal.

Sa famille le regrette, quand même. Il était charmant. Quel entregent, avouons-le. Et drôle avec ça. Il faut aller de l'avant, ma chérie. L'océan est plein de poissons.

Alma ne s'explique pas pourquoi, alors qu'elle a tout d'une adulte responsable et réfléchie, elle ne parvient pas à lâcher cette chimère. Elle est consciente d'idéaliser les instants vécus. Elle pleure les étincelles produites par leur rencontre. Il est plus compliqué de tourner le dos à la nostalgie que de s'y complaire.

Ils sont toujours en contact, évidemment. Alma le déteste quand il donne des nouvelles et le hait lorsqu'il retourne au silence. Entre-temps, appliquée, elle entretient la tombe de leurs souvenirs communs, à coup de fleurs épineuses et de couronnes délicates. Même par son absence, ce salaud de Ben atomise les autres.

*

Alma se prépare à sortir. Sido a emménagé dans un nouvel appartement, prétexte tout trouvé pour festoyer. Alma a décliné l'invitation dans un premier temps, mais il est vain de s'opposer à la tornade Sidonie. Dans la salle de bains, fidèle à elle-même, Alma évite, élude, contourne savamment. Elle s'esquive, pudique, avant de se résoudre enfin à soutenir son regard. Elle masque les cernes, poudre, blushe. Elle trace, souligne, ombre, elle applique, elle mascarade, elle farde, elle paillette. Elle crème, elle huile, brushe puis fait bouffer. Elle enfile, des collants, non des bas, la robe bleue échoue sur le canapé au profit d'un pantalon noir. Elle lisse à la taille, penche la tête, elle sait qu'elle plaît. Sans grande surprise, plus elle est froide et distante, plus elle attire les soupirants. Moins elle considère, plus elle interpelle. Intrigante. CQFD, mais à n'y rien comprendre.

Alma danse, elle pense moins, l'alcool tient ses promesses. Grise et vaporeuse, la soirée devient floue. Ses amis imaginent que jalonner son parcours de célibataires la réparera. Alma fait de la peine, elle inquiète, préoccupe. Quand même, une fille comme toi, belle, drôle, intelligente. Alma est un poney de concours. Un incompréhensible et dérangeant mystère. Tout à la fois Graal et anomalie. La plupart des visages lui sont familiers, ceux des inconnus plutôt engageants. L'ambiance est à la fête, légère. Elle s'est efforcée de converser un minimum, alors maintenant qu'elle a coché les cases sociabilité, Alma débranche. Le moindre de ses mouvements n'est plus que réponse à un stimulus auditif. Au rythme de la musique, elle se déhanche naturellement, instinctivement. Tout est facile.

Indifférente aux regards qui pourraient juger, soupeser sa personnalité et présumer de sa vie, Alma se dope à ceux qui se posent avec envie. Elle se fait vampire, accueille cette transfusion d'énergie qu'elle se gardera bien de rendre. Elle ferme les yeux, se retire en elle-même dans une ultime tentative de protection. Ce soir, elle ne souhaite pas interagir, n'a aucune envie de séduire. Sur le trajet, Ben s'est manifesté après des mois de silence. À croire qu'il perçoit ses moments de faiblesse. Un SMS interprétable de mille façons, évidemment. Elle aimerait résister pour une fois, ne pas foncer dans l'embuscade qui consiste à se persuader qu'elle est désormais capable d'échanger de manière purement amicale, ou tout du moins de lui faire croire cela. Cela ne sera sans doute jamais envisageable, et Ben le sait. Mieux, il s'en fout. Ben est le chantre de l'égoïsme. Ben est un connard, elle devrait le savoir, pire elle le sait au fond. Elle danse et le vire de ses pensées. S'en tenir au rythme et oublier le téléphone. Soudain, la boule se pointe. D'ordinaire, Alma la sent venir, mais cette fois elle débarque par surprise. D'ordinaire, si Alma perçoit le spleen, elle refuse l'invitation, se terre en attendant un retour à la normale. C'est tout ou rien avec l'alcool, soit il l'euphorise, soit il s'insinue dans les espaces que le malaise a creusés en elle au fil des années. La nappe de tristesse glisse partout, puis gonfle dans un second temps jusqu'à la tétaniser. Ce soir, la rupture s'est produite lorsque Sido a quitté brusquement la pièce. Alma l'a suivie et trouvée agenouillée dans le couloir, dans une semi-obscurité. Elle caressait la nuque de son fils, réveillé par les éclats de voix et la musique trop forte. Alma a essayé de faire bonne figure lorsque tous deux ont perçu sa présence, allant même jusqu'à déposer un baiser sur la joue du petit garçon. Sous ses lèvres, elle a senti qu'il esquissait un sourire. Déflagration au creux de son ventre.

Alma retourne danser, elle tente de reprendre le fil de la soirée. Peine perdue, sa bulle de protection est désormais percée. Tout est différent. Les visages avenants sont maintenant fatigués et on ne compte plus le nombre d'auréoles de transpiration sur les chemises. Les filles portent leur rimmel en bandoulière et, sur les derniers plateaux, ne restent que les petits fours aux associations douteuses. Boudin noir-ananas, sérieusement ?

Dans la rue Alma se shoote à l'air frais. Elle desserre son étole pour mieux profiter de la douceur du moment. Alors qu'elle tourne au coin de la rue, un lampadaire s'allume, puis d'autres, plongeant la ville dans une atmosphère inhabituelle. Alma sourit, pivote sur elle-même, elle est figurante à

Broadway. Elle fixe le ciel, depuis combien de temps n'a-t-elle pas levé le nez ? La nuit est belle, le ciel dégagé. Elle distingue la constellation de la Grande Ourse, ses seules connaissances astrales… Une joie enfantine la gagne, elle se sent pénétrée par un sentiment intense et nouveau et, curieusement, elle a la nette sensation que celui-ci prend naissance là où d'habitude la boule se niche. Hébétée, Alma reste quelques minutes fichée au milieu de cette rue dans laquelle à cette heure tardive, pas une voiture ne passe. Ne manque au tableau qu'une étoile filante… Troublée, Alma reprend le chemin de son appartement.

Elle ne se démaquille pas, abandonne chaussures et vêtements au pied du lit.

Elle se sent aussi lacunaire que d'habitude, et pourtant différente.

Preuve, s'il en est, elle n'a pas répondu au SMS de Ben.

*

Chaque matin, au réveil, Alma se vautre dans les regrets et la nostalgie. Luttant contre le courant de la rationalité, elle se laisse charmer par une fable qu'elle entretient chaque jour avec application. C'est devenu un exercice, un sport glauque pratiqué même lorsqu'un homme partage son lit. Dans des accès de masochisme, elle prolonge parfois le trait. En creux, ce sont les mains de Ben qui parcourent son corps, son sexe qui longe ses jambes avant de passer le rempart de son intimité. D'ordinaire, mais pas aujourd'hui. Non, cette fois elle n'a pas cédé aux sirènes du passé, résisté et c'est une grande première.

Au cabinet, il semble qu'on remarque la détermination qui la gagne. Alma se contente de sourire, lève un énigmatique sourcil et fonce se changer en acceptant de gérer le traiteur pour l'inauguration. Elle sourit et se prend à croire à sa liberté. Ne pas répondre au message de Ben est une avancée minuscule, une poussière de rébellion, mais une perspective de guérison en soi.

Ce sentiment de légèreté est rapidement mis à mal. Le premier patient est déjà dans la salle de soins. Panique. L'assistante l'a fait entrer avant qu'Alma ait donné son feu vert, elle n'est pas prête. Elle n'a pas parcouru le questionnaire médical et déteste se trouver prise au dépourvu. Si hors de ces murs, sa vie personnelle confine au chaos, ici elle contrôle tout dans les moindres détails. Chef d'orchestre, elle impose le rythme dès le début du mouvement. Dans le cas contraire, tout fout le camp. Une fausse note et sa belle assurance se fait la malle. Julie, réalisant sa bévue, tente un sourire contrit, mais Alma secoue la tête et se comporte comme si cela n'avait pas d'importance. Elle désigne le fauteuil mais l'homme, qui a saisi le malaise, propose de regagner la salle d'attente. Alma balaie son offre d'un sourire et enchaîne sur la posologie des médicaments qu'il a mentionnés sur la première feuille. Il prend des anti-inflammatoires pour une tendinite qui traîne. Une allergie à l'iode ? Oui, enfin une fois. Rien de certain. Seulement, dans le doute, on lui a conseillé de préciser.

Alma complète les réponses, lève le nez de ses feuilles, et pose enfin ses yeux sur le patient. Mal à l'aise, elle brode, peine à reprendre l'échange. Elle voudrait l'interroger sur le motif de sa consultation – il a succinctement inscrit « contrôle » dans la case dédiée – mais aucun son ne sort. Alma se sent subitement exténuée. Fait chier, la journée avait pourtant bien démarré, une détermination retrouvée, tout ça…

— On ferait mieux d'aller prendre un café, non ?

Alma se demande si elle a bien entendu, mais n'ose le faire répéter. Cette fois l'homme rit franchement. Il a du charme.

— Cela dit, vous devez plutôt être du genre thé vert, il reprend.

Alma pousse un soupir si sonore que tous deux tressaillent. Elle ignore comment prendre cette remarque, mais ne peut s'empêcher d'éprouver de la reconnaissance dans cette tentative de désamorcer la situation. Elle qui d'ordinaire fait franchement barrage aux entreprises de séduction, se met à sourire.

— Sincèrement, on a mieux à faire, vous ne croyez pas ?

Il s'appelle Robin Coudray, est né le 24 juin 1973 à Vélizy et son dernier contrôle remonte à une petite année. Alma retient un rire nerveux. On ne lui avait jamais fait le coup du café en pleine séance. Des dragues intempestives plus ou moins élégantes, en veux-tu en voilà, mais un café pour sécher le rendez-vous, elle s'en souviendrait. Non, il s'agit d'autre chose. Il y a une étrangeté dans le tableau, un *je ne sais quoi* qui l'émeut chez cet homme. Elle comprend, elle pâlit. Elle l'a constaté de suite sans réellement intégrer l'information, mais cette cicatrice quasiment identique à celle de Ben, juste ici, au menton… C'est pathétique. Elle est sujette à une déformation amoureuse comme d'autres souffrent de déformation professionnelle. C'est presque instinctif, elle a subitement envie de toucher la petite boursouflure, de poser ses doigts sur le morceau de peau plus claire.

— Je dois interpréter ce silence comme un oui ?

Alma sursaute.

— Non… Vous avez pris ce rendez-vous, et moi je dois travailler.

Piqué et dépité, l'homme se rallonge convenablement sur le fauteuil. Il étire ses jambes, signifiant par ce geste qu'il se plie à la décision d'Alma, mais qu'il n'est pas dupe pour autant. Alma enfile ses gants, se trompe de boîte, ceux-là sont trop grands. Elle coince les élastiques de son masque derrière ses oreilles, jette des regards en direction du patient, puis attrape la sonde et le miroir. Elle se sent déplacée dans son rôle de soignant, comme s'il y avait déjà trop d'intimité entre eux, et les yeux gris de Robin Coudray n'ont rien pour apaiser la situation. Alma prie pour ne pas avoir à multiplier les séances de tête-à-tête. Quelque chose chez cet homme l'intrigue. Une chose qui attire tout autant qu'elle dérange. Elle inspecte sa bouche et s'efforce de ne penser à rien d'autre qu'aux dents qu'elle examine une à une. Quelques soins, anciens, mais irréprochables. De petites traces de bruxisme confirment que le quarantenaire est plus stressé que ne le concèdent ses airs nonchalants.

Alma se tient très près de lui. Elle se surprend à retenir son souffle. L'atmosphère est si tendue que lorsque l'assistante ouvre la porte Alma laisse tomber son miroir. Elle en profite pour conclure la séance et s'éloigne un peu trop vivement pour quelqu'un qui se veut détaché. Julie les observe avec attention. Alma se lève, le patient se redresse. L'assistante débarrasse le plateau avant de regagner la salle de stérilisation.

— Vous hésitez, je me trompe ?

Alma ne répond pas. Elle est tout juste capable

d'effectuer un bref mouvement de tête. Elle cherche ce qui la trouble le plus. Les manières de cet homme, cette suffisance assumée, aussi sexy qu'elle est détestable, ou plus assurément certains de ses traits qui lui rappellent Ben.

Elle rougit, immobile, profondément silencieuse.

Il a une petite moue, entre l'affliction et la démission.

Il remercie, flotte jusqu'à la porte, casque à la main… Motard, comme Ben.

Elle se prend la tête à deux mains.

Elle déteste Ben. Elle déteste les motos.

Elle n'est absolument pas guérie.

VADIM

Je grimpe là-haut chaque après-midi. Je me pose sur le rebord s'il fait beau, dans le recoin s'il se met à pleuvoir. Bien entendu ces jours-là je reste moins longtemps, mais toujours suffisamment pour que les effets de la bière se dissipent. Je prends plus celles de Xavier – il aurait fini par s'en apercevoir – maintenant je m'arrange avec le clodo qui squatte devant la supérette. Je l'avais vu faire avec des gars d'un autre bahut. Ça revient plus cher parce qu'il se prend une marge, mais c'est le seul moyen que j'ai trouvé pour retourner sur le toit.

Le lendemain de la première fois, galvanisé que j'étais de la performance, j'ai cru réitérer les doigts dans le nez. Pour finir, je suis resté tétanisé comme un gland sur la dernière marche de l'escalier de service. Si tant est que les glands aient la possibilité d'être tétanisés. Maintenant je descends une 8.6 et ça passe tout seul. J'aimerais faire sans, mais c'est comme ça.

Je suis pas retourné au collège. Dès que ma mère aborde le sujet, je transpire, j'hyperventile, c'est atroce. Paraît que je somatise. J'ai négocié avec le doc, ma mère et le bahut. Comme mes notes posent pas problème, ça a pas été compliqué. Je récupère les cours via la plateforme et suis censé revenir après les vacances d'été. Mes crises, comme dit ma mère, sont bien flippantes à voir. Elles se pointent dès que je stresse trop, et notamment quand il est question de reprendre le rythme d'avant l'accident. C'est un foutu cercle vicieux. Comme ça me fait psychoter, j'ai du mal respirer, du coup je transpire comme un phoque, et ainsi de suite. Un tourbillon de la lose, c'est un vrai bonheur. Ma mère trouve quand même que j'ai meilleure mine, je raconte que c'est parce que je retourne à la bibliothèque. Et c'est pas faux, j'y vais de temps en temps. J'y croise cette petite brune à frange qu'est dans ma classe, elle paraît tellement vivante en comparaison. Bref, j'emprunte des bouquins et au passage je missionne le petit clodo. L'utile et le pas incommodant, en somme. Je lui achète les bières au compte-gouttes, faudrait pas que ma mère tombe sur un stock.

C'est vrai que je vais un peu mieux, c'est l'espoir de réussir à faire revenir Valentine, et mon père, qui sait. Juste une fois, ça m'irait bien, pour leur dire au revoir comme il faut. Je bloque là-dessus, j'en suis conscient. Mais le fait est que les moments passés sur le toit me réconfortent. On peut même dire que ces parenthèses constituent la colonne vertébrale de ma semaine. Là-haut, les écouteurs sur les oreilles ou à faire la lecture aux pigeons, je recharge mes batteries pour la suite, le reste du temps qui s'éparpille sans but. Je me dis qu'il y a pas de raisons, qu'à un moment ils vont se pointer. Les fois où je bois un peu plus d'une 8.6 j'ai sincèrement la sensation de plus être très loin du but. Et ça, ça me rend plus léger.

Je suis en train de jouer à Zelda quand ma mère entre dans ma chambre. Je comprends qu'on va avoir une discussion car, en règle générale, plus personne me dérange quand je disparais après le dîner. De temps en temps, Tom tente sa chance et piaille pour que je lui lise une histoire. Ces fois-là ma mère vient le récupérer au bout de dix minutes en riant. Pour la forme, elle râle qu'il est tard, qu'il faut se coucher, mais dans le fond je sais qu'elle aime nous voir passer un peu de temps tous les deux. Là c'est différent, il est vingt-deux heures lorsqu'elle toque doucement et, à peine elle a passé le seuil que je sens poindre la liste non exhaustive d'effets indésirables. Elle referme la porte avec un soin exagéré, comme si elle était en porcelaine coquille d'œuf, ce qui serait sacrément débile j'avoue, et commente d'une voix aiguë quasi urticante un collage posé sur mon bureau. Je l'ai commencé il y a un moment, mais je piétine ces derniers temps. C'est un corbeau à quatre ailes et j'ai hâte d'en être au stade de la peinture. Depuis que je monte sur le toit, je colle moins. Déjà parce que j'ai plus autant de temps et aussi parce que j'en ressens moins le besoin.

Ma mère évite mon regard. Elle s'assoit sur le lit et se met à lisser la couette du plat de la main. Je l'observe se concentrer pour attraper les mots adéquats, les mettre à la queue leu leu comme il faut avant de les laisser franchir la ligne de ses lèvres. D'abord, elle y va sur la pointe des pieds, dit que ça sent le fauve et qu'il faut vraiment que j'aère en journée. Que le matin, cinq minutes ça suffit plus, vu que désormais je suis beaucoup plus présent, et puis d'un coup, sans même avoir pris le temps d'enfiler un gilet de sauvetage ou même des brassards, la voilà qui se jette en pleine mer. Elle a beaucoup réfléchi, a discuté avec Xavier, avec le doc et puis aussi avec son psy, il y a pas à dire : c'est pas une solution tout ça. « Tout ça » englobant le fait que j'aille plus au collège, que je vive quasi cloîtré dans un appartement, sans faire de sport, sans plus parler à des gens de mon âge ou à des gens tout court… C'est pas la vraie vie. Bien entendu, ils sont tous conscients que j'ai vécu des traumatismes terribles, mais c'est pas en faisant l'autruche qu'on verra le bout du tunnel et encore moins qu'on sortira de l'auberge. J'en passe, et des meilleures. Des moins bonnes, aussi.

Un festival, j'en suis tout essoufflé pour elle. Vu que ce qui se joue semble être une partie, je décide d'entrer dans la danse. Je réponds que faudrait savoir, qu'elle trouvait que j'allais mieux, quand même, qu'il faut du temps, enfin, et que moi je me sens bien comme ça. Et puis de toute façon je vois pas où elle veut en venir. Elle me prend par surprise et pose une main sur mon bras. J'ai pas anticipé le contact et ça me fait tout drôle parce qu'on s'est pas touchés depuis un bail, sans doute parce qu'elle ose plus et que j'ose pas. Étonnamment ça me procure beaucoup de bien-être, je dis plus rien. J'ai subitement envie de me blottir dans ses bras et repense à la chanson « La biche et le chevalier » d'Henri Salvador qu'elle me fredonnait quand j'avais l'âge de Tom. Et je sais pas pourquoi je réalise que la fin de la période Salvador coïncide avec les soirées de pleurs qui ont suivi la mort de mon père. Alors mon stock de réponses fond comme neige au soleil, j'ai plus la moindre envie de me défendre. Juste besoin d'un contact humain, juste envie de bras. Et ma mère me regarde enfin et, soit elle comprend ce besoin, soit elle a le même parce qu'elle se pose à côté de moi, s'allonge tout contre moi, et passe une main dans mes cheveux. Au début elle hésite, sans doute elle s'imagine que je vais la repousser, puis voyant que je dis rien elle continue. Elle longe ma nuque, comme avant. Chemine avec ses doigts dans mes boucles, comme avant. Je perçois son souffle irrégulier et je fais tout pour qu'elle remarque pas que le mien, de souffle, il est carrément hyper saccadé. On reste comme ça un certain temps, et plus les secondes passent et plus j'ai la sensation que ma tête se vide de tout le bordel qu'elle contient. Et puis, comme il faut toujours que les bonnes choses aient une fin, alors que les mauvaises, pas de problème, elles s'éternisent tranquille, ma mère me parle d'une maison de repos. Ça vient comme ça, d'un coup, un parpaing dans la piscine municipale bondée. Et que ça serait mieux pour moi, le temps que je me recentre, que je me réadapte, car quand même j'ai à moitié agressé Joues Rouges. Je sais pas quoi dire, je suis scié, alors je me tais. Je profite encore un peu des caresses, de cet abandon inattendu. Je pourrais m'endormir si elle parlait d'autre chose. Je me demande à quoi il faudrait que je m'adapte, parce que si c'est à une vie avec des explosions et des gens qui disparaissent, je vois pas l'intérêt. Je pourrais rester dans cette situation des années, moi, avec Tom, Xavier et elle, c'est amplement suffisant. Et puis elle s'arrête de parler. Je l'écoutais plus vraiment, mais son monologue et ses chuchotis entremêlés avaient fini par composer une sorte de ronron qui me berçait. Un silence compact emplit la chambre, il repousse carrément les murs. Le souffle de ma mère est régulier, elle dort. Une main posée sur mon torse, les doigts dans mes cheveux, elle dort.

Elle dort et j'ose pas bouger. Je veux que ça dure et jamais avoir à changer de position.

Elle dort et je voudrais qu'elle se réveille jamais.

Elle dort, je suis dans ses bras, et même si ça va pas durer, dans cet îlot de rien, tout est plus simple.

Il faut que je trouve une issue.

*

Ma mère a pas réabordé frontalement le sujet « maison de repos », mais avec la subtilité d'un mammouth elle a disposé des brochures aux quatre coins de l'appart. Les Airelles, putain. Rien que le nom du truc donne envie de se pendre. Ou de gerber. Ou de saigner des oreilles. Ou les trois.

Pour pas qu'elle passe une deuxième couche, je donne tout, niveau sociabilité. Je détaille des échanges fictifs avec une bibliothécaire à qui en réalité je dis à peine bonjour, m'astreins chaque jour à trente minutes de jeu avec Tom, débarrasse la table, et pousse même le vice jusqu'à proposer à Xavier des parties de Fortnite. Comme mes résultats par correspondance tiennent la route, on peut théoriquement pas me mettre la pression.

Chaque après-midi, je grimpe sur le toit en espérant un signe, sans ça je vais jamais réussir à passer à autre chose. Je stocke désormais les bières dans une caisse en métal, avec un système de pains de glace, ça fait le taf. Le week-end, je raconte que je joue à la console chez Freddy, un gars qui était au collège, aussi bizarre que moi. Sauf que Freddy est parti vivre il y a deux ans chez son père à Dijon. Ce mensonge vaut ce qu'il vaut, mais me permet de m'éclipser. Pendant ces moments-là, Xavier, ma mère et Tom passent un peu de temps qualitatif en famille. J'ai la désagréable sensation de réussir à mentir chaque jour un peu plus sur le contenu de mes journées. Chaque jour un peu plus, chaque jour un peu mieux, chaque jour un peu plus facilement que la veille.

Là-haut, je lis, écoute de la musique et prends des photos avec mon vieux Reflex. Je revois Valentine le manipuler, repense à la façon dont elle le tenait et aux images qu'elle captait. Je tâtonne, j'essaie des réglages, je fige les nuages. Le petit clodo remplit son rôle à la perfection. Avant de le missionner, je l'observe un moment, je choisis l'occasion. Je l'aborde pas s'il est trop bourré parce qu'il se plante dans les commissions, dans le mauvais sens en plus, et mon but dans la vie c'est pas d'arnaquer les SDF. J'y vais pas non plus quand il est avec ses potes, certains sont hyper agressifs. Il m'arrive de les prendre en photo, eux aussi. Leurs gueules cassées, leurs caddies, leurs chiens et leurs vies de miettes, si fines et fragiles qu'elles s'envolent au moindre coup de vent. J'ai une préférence pour les clichés de toits. Toujours semblables et différents, en fonction de la luminosité, de l'heure et de la pollution. Pour financer les bières, j'ai vendu quelques BD dédicacées. Trolls de Troy, Joann Sfar… Les boules, mais c'est comme ça.

Dans l'absolu, j'aimerais retourner au bahut, ou à défaut ne serait-ce que m'en sentir capable. J'ai essayé plusieurs fois de sortir du pâté de maisons, mais y a rien à faire, tout à coup la vague arrive, je me mets à suffoquer, transpirer, et j'ai plus qu'une obsession, c'est retourner à l'appart. Je suis prisonnier de trois rues, par bonheur la bibliothèque est dans le secteur. À mesure que les jours passent, je sèche de l'intérieur. Heureusement que j'ai le toit. Là-haut, désinhibé, l'état des lieux de mon existence paraît un peu moins catastrophique qu'il ne l'est en réalité. Malgré tout, les jours filent et rien ne se produit. Souvent une canette ne suffit plus. De plus en plus fréquemment j'en descends deux ou trois pour forcer ma chance.

Avec une je suis moi, mais en plus insouciant.

Avec trois je suis presque un autre.

Et ça c'est formidable, parce qu'être moi c'est vraiment à chier.

*

Ce jour-là, je l'ai rapidement senti parce que j'étais super naze, la deuxième canette m'a donné envie de dormir. Il faisait beau. Juste le petit voile nuageux qui va bien pour pas choper de coups de soleil. Dans les oreilles, Pink Floyd. Je crois que j'ai changé de position pour m'adosser au montant d'une cheminée. Lentement, j'ai senti le sommeil alourdir mes paupières et ma tête pencher. J'ai vaguement essayé de la redresser, une fois, deux peut-être, avant de perdre la bataille. Alors oui, je crois que je me suis dit, au croisement de la conscience et des rêves, qu'il aurait été judicieux de mettre une alarme sur ma montre. J'ai même cru que je l'avais fait, pour tout vous dire. Ça devait être une vapeur d'alcool ou un bout de rêve, parce que ce qui m'a réveillé, c'est pas une sonnerie, mais la main de ma mère sur mon épaule.

J'imagine volontiers qu'elle a flippé en me trouvant là-haut. Elle s'est peut-être dit que j'étais mort, si ça se trouve, pas endormi et saoul comme un coing, ça c'est sûr. La peur ayant pris le dessus sur la colère, elle a pas osé m'en coller une. Je m'estime chanceux. Primo, qu'elle ait pas vu les canettes et secundo, qu'elle m'ait pas balancé par-dessus bord. J'ai passé l'heure d'après les fesses vissées sur une chaise de la cuisine. Xavier tournait et virait dans la pièce tandis que ma mère, elle, assise en face de moi, me fixait avec colère, détresse et compassion. Je vous jure que le mélange de ces trois expressions donne quelque chose d'assez flippant.

Ça a duré une plombe. En rythme et après chaque silence, elle reprenait l'interrogatoire. Toujours les mêmes questions, en boucle. Dans ma tête, j'ai esquissé en urgence un tableau à double entrée, et il m'a semblé assez évident que plus je garderais le débit d'une carpe anémiée, plus la probabilité que ma mère réalise que j'étais pas dans mon état normal serait faible. Heureusement qu'avec ma sieste de trois heures, j'avais eu le temps de cuver un peu.

Xavier s'était pas inquiété plus que ça de trouver l'appart vide, c'est lorsque ma mère a déboulé plus tard que mon absence les a sérieusement fait baliser. Elle a pensé rapidement au toit, a grincé qu'elle se doutait que je finirais par y retourner. J'ai dû me faire violence pour sortir de la brume cérébrale dans laquelle je flottais encore pour la convaincre que oui, bien sûr, c'était la première fois que je remontais là-haut depuis toute l'histoire. Par chance, ma mère était si sûre du film qu'elle avait scénarisé qu'elle a aligné questions et réponses. J'ai eu que des hochements de tête à servir à toutes ses interrogations étayées de certitudes.

Oui, j'avais ressenti le besoin de revoir l'endroit.

Oui, ça m'avait épuisé et je m'étais écroulé d'avoir trop pleuré.

Et oui, oui, oui, je n'y remettrais plus les pieds. Pour la journée.

*

J'ai prétendu que la porte était ouverte et personne ne s'est dit une seconde que je pouvais avoir un passe. Lorsqu'elle est venue, l'équipe d'entretien mandatée par le syndic s'est fait pourrir par ma mère. C'est la vie. Action réaction, j'en suis pour une surveillance plus étroite de mes faits, et grosso modo pareil pour les gestes.

Au début, pour pas me laisser seul, Xavier et ma mère ont posé des demi-journées. Quand j'ai eu suffisamment répété que retourner sur le toit était pas un fait si dramatique, ils ont admis que la situation était ingérable et chiante pour tout le monde et fini par reprendre le rythme d'avant. Après une courte interruption, j'ai donc pu retourner tranquillement là-haut, en faisant attention aux différents plannings.

Autre répercussion non négligeable, ma mère a pris ma réadaptation sociale en main. En douceur au départ, un brunch en famille à la brasserie en bas, un ciné, une balade au parc Monceau… J'ai refusé en bloc la piscine municipale, faut pas déconner non plus. Ce soir, quand elle me tend un sweat à capuche neuf et me somme de dompter ma tignasse, je comprends qu'une autre étape de ma réintégration dans le monde des vivants est à venir. Une baby-sitter débarque et fonce sur Tom. Pour Xavier, ma mère et moi, une tout autre réjouissance est au programme : il va falloir se farcir un vernissage dans la galerie du frère de Xavier.

Dans la voiture, je cherche à comprendre pourquoi ils me traînent là-bas. Via une allusion, je devine qu'ils ont essuyé des réflexions. Xavier se sent obligé de montrer à son snob de frère que le gamin à problèmes est pas totalement taré. Ma mère promet qu'on fera que passer, mais Xavier ose pas me regarder. Je préférerais me faire casser la gueule que d'y aller, et il le sait. Je lui en veux pas, comment je pourrais ? Il est tellement compréhensif, alors je me promets de faire le job. Je tromperai le monde, c'est aussi un peu le prix à payer pour conserver ma tranquillité.

On passe deux fois devant la galerie sans trouver de place et la tension monte de trois crans dans l'habitacle. Aucun de nous a la moindre envie de se coltiner cette soirée et je sens qu'il en faudrait peu pour que Xavier rebrousse chemin. Manque de bol, un monospace libère une place, scellant ainsi notre sort. Julien, c'est le frère cadet de Xavier. Superconnard, on l'appelle avec ma mère, c'est comme un connard, mais avec une cape. Le mec pète au-dessus de son cul c'est juste l'hallu. Il pourrait décoller et peut-être même entrer en orbite, un jour de chance, ce qui, si on y réfléchit bien, serait plutôt bénéfique pour le reste de l'humanité. Superconnard est clairement persuadé que sans lui le monde tournerait moins bien. Depuis que Xavier est entré dans notre vie, on l'a heureusement rarement croisé. Ils ont rien en commun, pour tout dire, je crois que moins serait de l'ordre du négatif.

Ma mère pose une main sur l'avant-bras de Xavier et je mesure ce que signifie « devoir ». Mon beau-père nous traîne ici non par envie, mais parce qu'il le faut. Qu'il soit ici, ce soir, n'apportera strictement rien à la sauce, mais son absence poserait problème. Xavier me lance un regard avant de pénétrer dans la galerie et j'éprouve soudain tant de peine que je lui adresse un sourire de soutien. C'est pas hypersensible que je suis, c'est pire, échelon maladif. J'absorbe la peine des autres alors que la mienne déborde déjà de tous les côtés. Comme je suis pas coutumier du fait, Xavier vacille un quart de seconde. Je mets de l'ordre dans mes cheveux pour achever de montrer ma bonne volonté et, après un signe de tête, dans un élan qui confine à la communion d'esprit, on pénètre de concert dans le hall de la galerie. Ça sent fort la peinture, une odeur entêtante de neuf qui, ajoutée au luxe des matériaux, nous fait bien prendre conscience qu'on a pas notre place ici.

Xavier saisit deux flûtes sur la borne d'accueil.

Je fais tache, il n'y a pas l'ombre d'un doute ou d'un ado. Je regarde les toiles, beaucoup de nuances bleutées. Ma mère et Xavier se font aussitôt happer par Superconnard, qui tient à leur montrer sans plus tarder les moindres recoins de son royaume, rien ne leur sera épargné. Merde alors, faudrait pas qu'ils ratent quoi que ce soit de l'étalage ! Je leur emboîte le pas, réponds aux questions qu'on me pose, je sens qu'il me jauge, Superconnard. Il sonde la potentialité que j'ai de vriller. Je décèle chez lui un soupçon d'espoir malsain, peut-être l'envie d'être témoin de quelque chose. Ses superyeux soupèsent ma silhouette et, d'une petite moue, il évalue les tremblements de mon menton et de mes mains. Mon cas est du pain béni pour le prochain silence gênant qui s'invitera aux dîners mondains qu'il arpente. Profite, Superconnard, et me remercie pas, c'est cadeau, t'auras tout le loisir de te livrer à ton analyse personnelle, et forcément d'une grande finesse, des répercussions des attentats sur les citoyens lambdas. Je rêve pas, il observe le dommage collatéral que je suis, la grenade dégoupillée, punk à chiens en devenir. Mais je garde le cap, redresse le menton et durcis le regard pour pas apporter de l'eau à son moulin. Je garde le cap un moment, puis tout à coup je sens quand même cette foutue vague monter, alors je prétexte une envie pressante pour prendre le large. Comme en vrai j'ai pas envie de pisser, je pars à la recherche du seul truc réconfortant dans les parages, le buffet. Je me fais discret, longe les murs quand, dans le renfoncement d'un couloir, des taches colorées kidnappent mes rétines. Aimanté, que je suis. Ça a rien à voir avec le reste des croûtes. C'est un écran, et dessus une animation tourne en boucle. Des boules jaunes s'étirent à n'en plus finir dans un ciel céruléen. Il y a un arbre au premier plan, une église dans le fond. C'est fabuleusement mélancolique et ça me rappelle quelque chose. Je serais incapable de dire si ça me rend triste ou joyeux, mais ça vrille mon estomac. Un mec passe dans mon dos et ricane en faisant remarquer à son pote que c'est pas de l'art. La vague qui avait momentanément reculé afflue à nouveau. Je délaisse l'écran, vexé, blessé. La remarque me touche, vu l'émotion que ce truc a suscitée dans ma chair, et à mesure que j'avance dans le couloir je commence à transpirer. Je serais bien resté à regarder ces images, les mouvements. Des gouttes de sueur se rejoignent, conspiratrices, et longent ma colonne. Le tee-shirt absorbe, mais je suis bien content que mon sweat soit noir. J'avise enfin le buffet. C'est la première fois que j'éprouve le besoin de boire en dehors des moments que je passe sur le toit. Je sens que c'est la seule chose qui pourrait m'empêcher de faire une crise et de dynamiter la vague avant qu'elle déferle sur ma gueule. J'ignore les regards et me dirige vers les tables qui regorgent de mignardises. J'en gobe trois d'affilée en cherchant quoi boire. Ici, pas de 8.6 toutes couvertes de l'ADN du petit clodo, mais champagne et alcools forts. J'approche en tremblant ma main d'une flûte et verse le contenu dans un gobelet en plastique. Libération. Instantanément l'alcool repousse le stress, endigue la vague, je sens mes épaules retomber. Comme à chaque fois que je suis gris, un poil à côté de mes Stan Smith défoncées, je prends conscience des efforts titanesques que je déroule du soir au matin pour pas tomber du chemin de crête. C'est pas humain, c'est plus tenable. Combien de temps encore je vais pouvoir tenir sur ce sentier ? Je m'accroche à des touffes d'herbe, mais elles sont si humides que les semelles de mes pompes gavées de terre démissionnent. Et je glisse, manque de tomber à chaque instant. Cette vision de moi, cette clairvoyance, je l'atteins dans cet entre-deux. Pile lorsque mon esprit se floute, suffisamment éclairé pour me contraindre à l'honnêteté, mais assez troublé pour me permettre de lâcher un peu de lest. Dans cet état, j'ai des fulgurances, et je m'étonne de pas avoir encore explosé, je réalise que je sous-estime la colère qui m'habite. Le pire c'est que cette colère pilote la vague, en réalité.

Je secoue la tête, je dois me reprendre. Le serveur est parti chercher des bouteilles et j'en profite pour vider une nouvelle flûte dans mon gobelet. Le champagne fait pas le même effet que la bière. Mes doigts se crispent tout seuls, comme lorsque je ressens le besoin de coller une sculpture, j'ai envie d'embarquer quelques serviettes, quelques assiettes pour mon truc en cours, le corbeau à quatre ailes. Je vide mon gobelet quand ma mère déboule. Elle arbore son sourire de convenance. Le trompe-l'œil vernis, que je lui connais bien, celui qui déjoue les questions indiscrètes par-delà son périphérique et les catapulte. Xavier arrive à son tour. Il avance voûté derrière Superconnard qui a définitivement deux balais dans le fondement, minimum. Je me magne de descendre un autre verre avant qu'ils m'aient rejoint et avale un truc pour pas me faire griller à cause de l'haleine. Les toasts au saumon tombent à pic. Je me tamponne les doigts sur une de ces mini-serviettes qui essuient rien quand je me sens observé. Je termine de frotter mes mains sur mon jean, j'en suis quasi sûr, des yeux harponnent mon dos. Très lentement, presque au ralenti – enfin ça c'est ce que l'alcool me permet d'imaginer –, je pivote pour vérifier si je suis en train de me faire un film. Je rêve pas. La cinquantaine, le chignon faussement négligé, elle cille pas en voyant que je l'ai repérée, elle bronche pas quand j'essaie de lui faire baisser les yeux, au contraire même. Elle m'a vu faire, son petit sourire indique qu'elle est pas dupe. Si ça se trouve, elle a suivi mon manège depuis le tout premier verre. Je soutiens son regard. Le rebelle que je suis pas, mais que je rêverais d'incarner rien que cinq minutes dans ma vie, la défie. Contre toute attente, elle se met à sourire franchement. Il y a sur son visage beaucoup de compréhension, presque avec excès. Comme si cette femme voulait à toute force me rassurer, comme si elle voulait que je comprenne qu'elle taira mes gestes et l'empressement malsain que j'ai mis à boire. Quand je vois Superconnard se diriger vers cette femme et la présenter à ma mère, je prie pour qu'effectivement elle se taise, mais c'est trop tard, sous l'effet du stress, la digue rompt d'un coup. D'un coup, j'ai besoin d'être loin, de filer, de courir, d'être n'importe où. D'un coup, partout ailleurs plutôt qu'ici. D'un coup, je fonds sur ma mère, l'embrasse sur la joue. Je suis fatigué, je peux prendre un Uber, c'est déjà énorme que je sois venu. Je souris, penche la tête. Je suis un chaton anorexique. Quelqu'un a un malaise dans le couloir, ce qui a le mérite de faire diversion. Prise au dépourvu, ma mère bredouille un oui. Xavier, le pauvre, me regarde avec envie. Il sait qu'il est encore trop tôt pour lui. Pendant que j'attends le Uber, Superconnard explique que cette femme a réalisé l'interprétation vidéo de *La Nuit étoilée* accrochée là-bas. Je me sens soudain à poil, incommodé par l'idée que cette même personne ait capté mes gestes. C'est comme si l'œuvre était entrée en moi. Et puis je me dis que mes divagations n'ont aucun sens. Je me dis surtout que je déraille de plus en plus souvent, et ça me fait sacrément flipper.

Dans la voiture, je pose ma tête contre la vitre, j'aimerais m'évaporer dans ce ciel qui me tend les bras.

J'aimerais disparaître, dans cette nuit étoilée.

*

J'ai manqué de clairvoyance. Je peux pas parler d'insouciance parce que c'est tout à fait consciemment que je suis monté sur le toit alors que j'étais censé libérer la baby-sitter. Je crois que je me suis dit qu'il était pas si tard et que je pouvais bien subtiliser cinq minutes. Ensuite, je saurais pas expliquer. Je me suis installé comme d'habitude, à ma place sur le rebord, l'instant d'après j'atterrissais, de justesse qui plus est, sur la verrière.

J'ai dessaoulé très vite, comme un con de Spiderman que j'étais, posé là-dessus, à pas savoir comment j'allais me sortir de ce merdier, craignant que la vitre pète. J'ai réussi à ramper, en effectuant de petits mouvements ridicules, en essayant de répartir mon poids sur la surface, le tout en apnée. Autant vous dire qu'une fois remonté sur le toit j'ai pas demandé mon reste. J'ai dégringolé l'escalier jusqu'à chez moi, au niveau de mes tempes, ça battait à tout rompre. Ce que j'avais pas prévu, c'est qu'arrivé sur la dernière marche, je tomberais sur Grosses Lunettes, qu'avait par ailleurs pas ses lunettes et qu'était, à cet instant précis, aussi blanche qu'un cul qu'a jamais vu la lumière du jour. Grosses Lunettes a ouvert et fermé la bouche plusieurs fois puis s'est passé une main dans les cheveux pour conclure en beauté cet éloquent silence. J'ai compris de suite qu'elle avait tout capté. Je cherchais désespérément un bobard quand elle m'a chopé le poignet et traîné jusqu'à chez elle. J'étais tellement surpris que j'ai pas envisagé une seconde m'opposer. Grosses Lunettes a claqué la porte de son appartement, hyper classieux l'appartement, et m'a littéralement jeté sur son canapé, hyper confort son canapé.

— T'as voulu te foutre en l'air, elle a bafouillé.

C'était pas une question, en fait. Pas une affirmation, non plus. Sa tête, en gros, c'était l'allégorie de la stupeur, et de mon point de vue, de cette place que j'occupais dans ce canapé confort gris perle, c'était vraiment émouvant à regarder. Grosses Lunettes a entrepris de préparer du thé, ce qui m'a semblé très familier. Comment cette nana, que j'avais fait que croiser dans la cage d'escalier, avait pu penser qu'on avait un degré d'intimité suffisant pour partager un thé. En même temps j'étais encore sous le choc et elle avait pas l'air de vouloir m'engueuler, pour l'inconscience, ni pour les dégâts que j'aurais potentiellement pu causer à sa verrière, donc j'ai rien dit. Alors que j'avais pourtant décliné son offre d'un mouvement de tête, elle a posé devant moi un mug sur lequel Wonder Woman se la racontait. Une boisson chaude pouvait pas me faire de mal, c'est sûr, mais je voulais pas traîner, je devais libérer la baby-sitter. Je savais vraiment pas comment me dépêtrer de Grosses Lunettes, qu'avait remis ses lunettes, qui pour finir étaient pas si grosses que ça. Quand j'ai baragouiné que je devais y aller, elle a pris une tête de tueuse et annoncé qu'on règlerait ça le lendemain. Sans faute, elle a martelé. Que j'avais plutôt intérêt à me ramener, que dans le cas contraire elle irait trouver ma mère pour jeter le bébé avec l'eau du bain. Elle me collait une carte dans les mains quand je perçus un goût de métal dans ma bouche. Je m'étais mordu la langue. Et je m'étais mordu la langue pour la simple et bonne raison que sur le mur du fond de l'appartement de Grosses Lunettes, il y avait *La Nuit étoilée* en personne. Je suis parti en faisant oui de la tête, encore plus secoué par la vision du tableau que par ma chute, et j'ai réalisé que sur la carte il y avait ses coordonnées. J'ai remercié la fille qu'avait gardé Tom et me suis glissé fissa sous la couette sans pour autant parvenir à me calmer. Je me suis endormi tard, après avoir entendu les voix de Xavier et de ma mère. J'en revenais pas, je crois, de l'ensemble, de la soirée et puis du reste. Du vol plané, du champagne, de Grosses Lunettes et de cette nuit étoilée qui me poursuivait.

Dans mon lit, je repense à la verrière. Je serais pas étonné qu'une fissure apparaisse. Je crois pouvoir dire que cette fois j'ai vraiment flippé. Plus qu'au moment de l'accident, plus que lorsque les vagues de panique déferlent sur ma gueule. Même le prospectus des Airelles est foutrement moins effrayant. C'est pas la peur de me blesser, mais celle d'avoir perdu le contrôle qui me colle la trouille. J'arrive pas à détacher mon regard de la surface vitrée. Je m'explique pas ce qui s'est passé. Je peux pas croire que j'aie sauté et pourtant ça se pose là… Ce que je fais ces temps-ci, comme venir en cachette me balader sur la canopée de cette ville, me saouler pour quitter ma peau quelques heures, donner ensuite le change devant ma mère, tout ça, je pensais vraiment le gérer. J'imaginais contrôler. Dans ma poche, je vérifie régulièrement que la carte de visite est toujours là. Il est vraiment temps que je fasse mes adieux à Valentine et mon père, je crois.

Il y a beaucoup trop de toits et de nuits étoilées dans ma vie.

Beaucoup trop de toits, c'est là que ça se finira.

*

Je me suis réveillé avec une gueule de bois des familles. C'est pas lié uniquement au champagne, non, plutôt au mélange de toutes ces émotions, de ces événements qui se sont invités et que j'avais pourtant pas conviés. C'est le brouillard un peu partout autour de moi, mais je crois pourtant que j'y vois plus clair. Je dois me bouger, je dois réagir. Je décide de retourner à la galerie. Je veux ausculter cette vidéo et comprendre ce qu'elle a réveillé en moi. J'ai vérifié les horaires d'ouverture, enfilé mon sweat à capuche et mes Stan. Oui, tu vas sortir de ton périmètre, mec, tu l'as bien fait hier, même si en voiture et accompagné c'est différent, c'est sûr. Me demandez pas pour quelle raison, mais je vous jure que c'est radicalement différent. C'est ce qu'il y a de chouette avec les névroses, avec leur système anarchique et totalement illogique, on s'ennuie jamais. C'est rafraîchissant. Moi, je parviens plus à quitter le quartier à pied depuis l'accident, c'est comme ça, mais cette fois c'est pas pareil. J'ai un but, une adresse, et je suis déterminé.

Échec cuisant au bout de la rue. Fin de non-recevoir dans le royaume des vivants. De rage, j'ai pris deux 8.6 au petit clodo et suis remonté planquer ma migraine sous la couette. Est-ce que c'est le regard bovin du primeur, le feu piéton qui passait pas au vert ou ce trou anormalement rond dans le bitume qui m'a pétrifié ? Je saurai jamais.

Bordel, c'est intenable. Je vois l'heure qui tourne. J'ai promis à Grosses Lunettes de me pointer en fin d'après-midi. J'angoisse pour la fissure, pour ce qu'elle pourrait balancer à ma mère, pour la thune que ça peut coûter, une verrière comme ça. La dernière demi-heure est terrible, je me mets à délirer, à imaginer ma mère en larmes, et dans ce délire super réaliste la verrière explose au-dessus de nous alors qu'on parle, que j'argumente. Je finis par sortir du lit, j'ouvre la fenêtre de ma chambre en grand. J'ai besoin d'air. Je termine la quatrième aile du corbeau, m'efforce de reprendre le contrôle de ma respiration et de mes idées. En ajustant le dernier morceau, je me dis qu'il est temps, maintenant. Temps d'aller voir à quelle sauce Grosses Lunettes va me bouffer. Temps d'assumer mes conneries et qu'il se produise quelque chose. Je ferme la porte de l'appartement tout doucement et pense à Valentine. Il m'est arrivé d'ironiser sur les mecs qui défilent chez Grosses Lunettes, pour la forme, pour dire quelque chose, Valentine supportait pas. Elle s'est carrément énervée, une fois, en disant qu'on savait pas le fond de l'histoire et que ce que Grosses Lunettes faisait de son cul ça regardait qu'elle. J'ai plus jamais recommencé. De toute façon, je m'en foutais, je disais ça juste comme ça, les banalités, tout ça. Dans les escaliers, j'espère de tout cœur que Grosses Lunettes m'en sera reconnaissante.

Je presse la sonnette, j'entends les pas se rapprocher. Elle porte des chaussures à talons, ce qui fait fréquemment hurler Brandier. Grosses Lunettes ouvre, elle sourit, le poids sur ma poitrine se fait plus léger. Elle balance ses escarpins dans l'entrée et je me demande si elle lit dans les pensées. J'essaie de sourire tout en me concentrant sur la ligne de conduite que j'ai établie en collant le corbeau. Je vais rien lâcher. Si elle insiste, je dirai que je suis monté fumer et que je me suis vautré sur sa verrière. Ça se peut, en vrai. Mais Grosses Lunettes demande rien du tout. Comme la veille, elle disparaît dans la cuisine pour faire du thé. C'est une vraie manie apparemment, un hobby, au minimum. Ne sachant pas quoi faire de ma carcasse, je me pose dans son canapé. Son appartement paraît différent à la lumière du jour. Je sais qu'elle est dentiste parce que tout se sait. La déco est minimaliste et trop terne pour moi. Du gris, du blanc, du noir. Je me dis en rigolant que je foutrais bien Tom là-dedans, ce serait vite vu, et Grosses Lunettes me demande pourquoi je me marre. Gêné du flagrant délit, je réponds que je pensais à mon frère. Elle me dit qu'elle est heureuse de constater que je suis pas muet. Au début, je pige pas, puis ça me revient. La veille, j'ai dû articuler deux mots. Je repars illico dans mes pensées, imaginant la scène qu'elle a dû vivre, le vacarme au-dessus de sa tête, sans doute. Elle m'a observé ramper sur la verrière, si ça se trouve. Ensuite l'escalier et le reste. Peu importe, je saisis le mug qu'elle me tend. Cette fois, il y a Eisenberg dessus. Sur le sien, il y a le Dude en peignoir, et ça me fait un peu rire, j'avoue. Faut que je reste concentré, si ça se trouve au fond de cette meuf il y a à la fois un bon et un mauvais flic, alors je me blinde, car je veux qu'elle lâche le minimum, voire rien, à ma mère. Mais Grosses Lunettes reste silencieuse et me tend, pour finir, une boîte de cookies. L'air de rien, elle allume une enceinte Bluetooth et balance une playlist. Elle entame un gâteau sans se soucier de moi, c'est surréaliste.

— C'était quoi le truc, hier, avec le tableau ?

Grosses Lunettes me cueille comme ça, la bouche pleine et l'index pointé vers la reproduction accrochée plus loin. Je pose le mug un peu trop fort et ça fait un grand clac sur la table basse. Imperturbable, Grosses Lunettes continue de mâcher en me regardant. D'un air détendu, elle secoue la tête légèrement pour signifier qu'elle se fout bien du clac. Ce qu'elle veut, Grosses Lunettes, c'est une réponse à sa question. Comme si je pouvais répondre… Si je comprends bien, cette meuf est plus cintrée que moi en fait. C'est le moment où je vrille, littéralement, le moment où je perds pied, complètement. Je bafouille des trucs que moi-même je saisis pas et me mets à trembler comme une feuille. Je vois bien, en fond, que Grosses Lunettes repose son cookie, qu'elle se redresse, un peu inquiète, mais trop tard, elle a lancé la machine et je sais que c'est foutu. Je voudrais m'arrêter, bien entendu, mais autant qu'elle je suis victime de la diarrhée verbale qui me saisit. Ça gicle dans tous les sens, c'est pathétique, irrépressible. Je déblatère au sujet de Van Gogh, du vernissage, du fait que j'ai pas pu retourner à la galerie, que je suis fou et que de voir encore ce tableau chez elle ça m'a fait saigner la langue. Un carnage, si j'étais véto je me piquerais. Plus je parle et plus Grosses Lunettes se raidit. Elle a pas voulu ça, je le sais, mais là elle a plus tellement le choix. Je me dis que si ça se trouve elle va quitter l'appartement et me laisser seul, perdu dans le canapé gris perle hyper confort. Je lui déverse des excuses pour la chute sur sa verrière, lui explique qu'il faut que je dise au revoir à mon père et à Valentine et que je peux plus sortir du quartier, bordel, que j'y arrive pas. Et je répète que je suis fou, qu'elle va s'en rendre compte, pire, qu'elle le sait maintenant, mais qu'elle doit pas le dire, non, pas le dire à ma mère, pour la verrière et toute cette folie que j'ai en dedans. Ça doit durer un bon moment, sérieusement, ça dure un sacré moment, quand soudain elle fait ce truc que je trouve fou, totalement fou et à la fois incroyablement raccord avec les circonstances. D'un coup, Grosses Lunettes se lève et ouvre ses fenêtres en grand.

L'air frais s'engouffre comme si il n'avait attendu que ça. Grosses Lunettes baisse les stores bateaux, ce qui a pour effet de plonger le séjour dans une légère pénombre, puis sort deux plaids d'un coffre. Un peu étourdi, je réalise que je l'ai enfin fermée. En silence, Grosses Lunettes se réinstalle sur son fauteuil, place avec soin la couverture sur ses genoux et me lance la deuxième à la figure. Comme je frissonne, à cause des émotions, de tous les mots que j'ai lâchés alors que j'avais même pas conscience que j'étais en capacité de parler aussi longtemps, des fenêtres ouvertes, sans parler du reste, je m'exécute. C'est de la polaire toute douce et ça fait du bien. Comme s'il s'était rien produit d'anormal, Grosses Lunettes reprend le cookie entamé, le termine et déguste son thé par petites gorgées.

— Moi aussi, ce tableau me fait un effet de malade, elle dit.

Elle raconte qu'elle est allée au MoMA à New York, et qu'elle était pas préparée au choc, qu'elle en a eu les larmes aux yeux et qu'elle peut pas cxpliquer pourquoi. Qu'à chaque fois qu'elle voit un Van Gogh c'est la même musique. Elle dit qu'elle s'appelle Alma, et aussi que mon thé va être froid. Je comprends rien à ce qui se passe, mais je me sens mieux. Bien mieux que le matin, que la veille et que ces derniers jours. Bien mieux que depuis des années-lumière. Je bascule la tête en arrière. J'ai honte pour l'impact sur la verrière, mais Alma dit que faut pas que je m'en fasse. Elle dit qu'elle s'en tape, vraiment. Et puis juste après elle sourit et regarde à nouveau en l'air, elle dit qu'elle avait capté que ça faisait un bail que j'allais plus sur le toit, je comprends qu'elle fait référence à cette année qui a suivi la disparition de Valentine.

ALMA

Alma court. Encore une fois. Une fois de plus, sans doute une fois de trop. Elle court malgré ce genou qui la lance, au mépris d'une douleur qui ne la quitte plus. Elle a peur. Si le mal s'installe, comment pourra-t-elle encore se défouler ? Elle n'a trouvé que cette méthode pour chasser ses démons, elle a besoin de courir pour exorciser ce qui tiraille en dedans, et l'idée même de s'en retrouver empêchée la rend dingue.

Alma souffre et pense anti-inflammatoires.

Elle court, serre les dents et voit des motos partout.

Elle a pourtant eu la sensation que quelque chose avait changé au cours de cette étrange nuit étoilée. Elle a sincèrement envisagé que le creux qui habite son ventre pourrait se refermer. Perspective fragile. Exit l'innocence et la candeur, le culte qu'elle entretient pour Ben les a annihilées. Elle a envie de craquer, de l'appeler, elle est à deux doigts de répondre à ces SMS si difficilement ignorés jusque-là. Textoter n'importe quoi, peut-être même lui conseiller d'aller se faire foutre, tiens. Écrire n'importe quelle phrase, pourvu qu'une fois encore ressuscite le lien qui l'enchaîne à lui. Phénix arlésien.

Elle court, il y a du vent et elle a oublié son tour de cou. France Gall lui conseillerait de résister, c'est une évidence. L'opération est à haut risque, à chaque fois qu'elle le contacte, elle finit en larmes ou dans son lit. Ce qui revient au même puisque lorsqu'elle termine dans son lit, elle se retrouve inexorablement en larmes quelques jours plus tard. Non, il faut résister, bon gré mal gré. Malgré ces relances que trop souvent elle a espérées et qui continuent d'arriver depuis le premier message auquel elle n'a pas répondu. Nouveau bip. Vraisemblablement étonné par le silence d'Alma, Ben se manifeste encore. D'après le répondeur, dans la confidence, il s'inquiéterait. Subjonctif ta mère.

Alma ne peut poursuivre sa course. La douleur est maintenant trop aiguë et elle doit se résoudre à terminer le parcours en marchant. Allons, allons, elle peut tout à fait lui passer un bref coup de fil, parce que quand même, elle est réellement plus forte qu'avant. Résiste, surtout pas ! Schizophrénie hormonale, grand huit palpitant du palpitant. Du courage. Gagner du temps. Ne pas écrire de la merde, ne pas balancer de mots au kilomètre, faiblesse qu'elle regrettera dans la seconde parce que trop ci, ou pas assez ça. Elle est sur le fil, comment est-il possible de passer d'un état à son contraire en si peu de temps ? Et puis avant toute chose, il faut joindre le traiteur pour confirmer le nombre d'invités pour l'inauguration de la maison médicale. S'occuper les mains, distraire l'esprit. Elle se mettrait même à fumer si ça pouvait l'aider, elle jonglerait si elle savait le faire. Tout plutôt que rien. Et la douleur, bon sang, cette douleur qui occupe toute sa tête… Ça joue, c'est certain. Elle s'agace en se massant le genou. Pourquoi s'est-elle proposée pour le traiteur, aussi ? Sérieusement, qu'est-ce qu'il lui a pris ? Ce genre de pince-fesses la saoule au plus haut point. Impossible, pourtant, d'y couper. Il y aura tout le petit personnel qui se sentira considéré, les copains qui ne ratent pas une occasion de boire un coup, les familles, fières, les commerçants ainsi que les professions libérales, qui viendront en voisins curieux.

Alma boite. Elle sort son téléphone. Le traiteur a un accent. Sans doute bordelais, Sud-Ouest en tout cas. Elle dit oui aux canapés, oui aux verrines, pas d'huîtres, non, ça ira. Des cannelés ? Bordeaux se confirme. Pour ce qui est du vin, c'est l'un des médecins qui gère. En revanche, elle ne sait pas exactement ce qui a été décidé pour les softs, désolée. Elle raccroche et hésite à nouveau. Il serait si facile de composer le numéro de Ben dans la foulée. Une fois, il y a longtemps, quand la sonnerie s'est interrompue c'est son fils qui a répondu. Elle s'est trouvée interdite le temps que Ben reprenne le combiné. Alma compose à toute vitesse ce numéro qu'elle avait effacé, mais qu'elle connaît de toute façon par cœur. L'afflux de sang gagne son cou, ses joues, shoot d'adrénaline. Quelquefois elle se dit que ce sont ces secondes de chute libre qui l'attirent et non les moments passés ensemble. Elle raccroche en panique avant que l'appel ne se lance.

Ça ne compte pas.

Pas vraiment.

Ne pas flancher.

C'est loin d'être gagné.

*

Alma tourne en rond. Pour semer ses idées en chemin, elle a tenté de lire puis abandonné après quelques minutes. Après avoir relu cent fois la même phrase, après des dizaines de pages sans parvenir à retenir quoi que ce soit de l'histoire. Elle fait couler un expresso et s'installe près de la fenêtre. L'heure du déjeuner est passée et elle est toujours en pyjama. Dehors la ville s'active, les rues grouillent de monde. De son perchoir, Alma observe les passants, qui empruntent les grandes artères. Alma ne travaille pas le jeudi et concentre habituellement ce jour-là corvées administratives, renforcement musculaire et courses de la semaine. Elle laisse si peu de place au hasard. L'organisation pour seule religion. C'est par cette rigueur qu'elle est parvenue à décrocher le concours d'entrée à la faculté de médecine comme quantité d'autres choses. Pourtant, aujourd'hui, Alma tourne et vire entre les murs de l'appartement, sans le moindre but. Non, aujourd'hui, Alma n'a pas la moindre envie de faire comme tous les jeudis.

Le bip de réception d'un message la ramène physiquement dans la pièce. Le temps a filé, elle scrute la rue depuis de longues minutes. L'enseigne du Chinois qui clignote à une fréquence irrégulière. Les allées et venues des élèves de la boîte à bac située plus bas. Le clochard qui achète des bières aux ados, le cordonnier méticuleux qui nettoie sa devanture presque quotidiennement. Ils ignorent tous vivre en symbiose. Alma voit les choses ainsi, croit faire partie d'un équilibre précaire. Pas d'interactions visibles mais le moindre événement inhabituel, elle en est certaine, pourrait impacter la trajectoire de tous.

Elle ferme les yeux, éprouve une forme de reconnaissance. Ils ne savent rien d'elle – tout au plus figure-t-elle, pour une poignée de riverains, la brune aux grosses lunettes du dix-huit –, pourtant, à leur manière, ces individus qu'elle frôle quotidiennement participent à sa survie dans un monde si douloureusement hostile par moments. Alma ausculte la rue chaque jour, c'est devenu une manie, sans ça elle aurait déjà perdu pied. Les pulsations, le flot de la réalité, le rythme de la ville, cette onde se propage tout autour d'elle, la porte et lui permet de tenir.

Alma rêvasse et se complaît dans un état de déni relatif. Les semaines, les mois et les années s'écoulent et Alma reste en marge de sa propre existence, inéluctablement aimantée par ce passé qui l'empêche de regarder l'horizon. En apparence, elle joue le jeu, elle donne le change. Toujours, elle accomplit les bons gestes, souvent, elle a les réactions appropriées. Elle fait ce qu'il faut et tient un rôle de circonstance en société, jonglant entre rituels et obligations professionnelles. Elle se sait entre deux univers, à la frontière entre l'image qu'elle donne à voir et son double qui sombre selon les périodes et les nouvelles distillées. Tout serait tellement plus simple si elle n'en avait pas conscience.

Elle termine son café et pose sa tasse sans bruit sur la tablette.

Des pas dans l'escalier de service. D'autres SMS se succèdent. C'est Sido qui prend de ses nouvelles. Alma a quitté la soirée sans les saluer. Sido s'étonne, mais ne questionne pas. Fidèle. Comme d'habitude, elle accueille sans juger les explications qui viendront ou non. Elle sait que son amie se ferme si on la presse de questions. Alma tient à cette relation sans fard, loyale. Sido ne l'accable jamais, même si elle ne comprend pas toujours les plaies de son amie. Elle sait à quel point le manque peut parfois vous faire perdre les pédales, respecte ses besoins de repli. Comme beaucoup, Sido se contente d'espérer celui qui remettra Alma d'équerre.

Et puis merde. Contrevenant à tous ses principes, Alma se recouche. Elle prend soin d'écarter les rideaux afin que le soleil inonde la chambre, pour qu'il chauffe sa peau et baigne toute la pièce, du sol au plafond. Gros chat paresseux, elle dégage les draps pour se repaître des rayons. Elle n'a pas vu venir le printemps. Pour Alma, l'événement n'a rien d'une date sur le calendrier. La porte de l'escalier de service. Elle se demande ce que peut bien faire le gosse, des heures durant, sur le toit-terrasse. Par le gardien, elle a entendu parler d'un accident. Depuis, l'adolescent zone chez lui et les jeudis elle l'entend grimper sur le toit. Elle avait déjà remarqué qu'il y passait beaucoup de temps avant cela. Alma se prélasse sous la verrière. Oui, le temps jalonne ses jours de nonsens, mais les saisons inlassablement se succèdent. Indubitablement. Inexorablement et aujourd'hui cet orgueilleux soleil en est la foutue preuve.

Alma somnole et se rejoue la rencontre, six ans plus tôt. Un groupe plutôt correct dans un pub.

Du bruit, beaucoup. Des visages souriants, partout. Des éclats de voix, des fous rires, des verres qui s'entrechoquent, des questions posées pour meubler, des relances rhétoriques. La forme sans le fond. Alma s'isole avec Sido, elles trinquent les yeux dans les yeux. Le principal passe par le regard. Elles sont heureuses d'être là, dans ce brouhaha énergique qui fait se sentir vivant. Elles sont jeunes, elles ne ratent rien, c'est ici qu'il faut se trouver, dans cette soirée. Dans cette vie.

Entre deux éclats de rire, Alma remarque Ben. Elle ne l'a jamais vu auparavant mais pourtant son ventre l'appelle sans que le moindre doute soit possible. Posté dans l'angle du bar, Ben la fixe. Il y a du défi dans ce regard, Alma se fige. Ses yeux plongent instantanément dans les siens et c'est ainsi qu'il entre dans sa vie. Il est beau, mais ce n'est pas ce qui frappe Alma. C'est sa présence, son magnétisme presque dérangeant. Alma savoure ce moment, elle n'est toutefois pas surprise, elle espérait qu'un homme tel que lui entre dans sa vie, et il faut croire que c'est ce soir. Elle flaire déjà les problèmes à venir. Elle s'appuie contre le montant d'une porte, avec une nonchalance maladroite qui ne trompe personne. Sido engage la conversation avec d'autres, avance vers le fond de la salle. Elle disparaît de la scène. Le film est monté, images, lumières, tout cadre. Alma a le rouge aux joues, la peau brûlante et le cœur déjà en alerte. Elle flotte jusqu'au serveur et commande un nouveau cocktail en se délectant de l'attention qu'elle perçoit et qui lui transperce la nuque. Elle ne fera rien pour lui faciliter la tâche, consciente qu'ils sont dans le meilleur, la danse, le jeu. Postés là où tout est encore possible, elle a encore le choix. S'exposer ou non. Voir si elle est en mesure d'assumer ce qui va survenir, ce qu'elle devine déjà comme une relation grave, différente de ce qu'elle a connu jusque-là. Une histoire d'amour se joue dès les premiers instants. Dès les premiers regards, le destin a déjà distribué les cartes, les acteurs ont le texte. L'interprétation est libre, mais il y aura celui qui donne et celui qui reçoit, il y aura l'enjeu que l'on représente pour l'autre, l'attrait qui peut s'évanouir si rapidement. Le prix que l'on saura s'attribuer et la valeur potentielle du partenaire. Alma a trente ans et devine tout cela. Elle se trouve au bord du bassin. Ses orteils dépassent de la margelle, l'eau de la piscine est claire, la température idéale. Elle va plonger, elle le sait, pourtant il n'est pas question dc s'y risquer trop tôt. Savourer. Flotter dans cette zone neutre où il est encore temps.

Son cocktail est à base de champagne, elle apprécie le pétillement des bulles sur sa langue. Maintenant. Elle est prête à se retourner, prête à affronter cette silhouette qui patiente. Elle détaille Ben, le considère, le jauge. Elle vibre, quelque chose résonne dans chaque atome de son corps. Peut-être est-ce lié à la longueur effrontée de ses cils ou bien à ses mains, qu'elle devine puissantes. Peut-être cette fossette qui se creuse à quelques centimètres de la naissance de sa bouche. Peu importe, elle sait. Dans ce bar, dans le bruit, dans la moiteur de la nuit, Alma ferme les yeux, termine d'un trait son verre, relève la tête. Pour ce sourire effronté, pour ces cheveux en bataille, elle se livrera. Elle le sait. Ben quitte le pub, elle le suit dans la rue, les sens en alerte et l'espoir au ventre.

— Un verre au calme ?

Alma gave ses poumons d'un air qui manquera bientôt. Il n'existe rien encore, mais tout, déjà, semble trop intense. Elle pivote vers la voix qu'elle espérait. Grave et enrobante. Alma s'interroge pour la dernière fois. Cet homme surgi dans sa vie au moment où elle se désespérait d'enchaîner les relations tièdes, ses gestes qu'elle analyse, ce trouble qu'elle ressent… Possible qu'elle se berce d'une musique qu'elle souhaite entendre plus que tout. S'arrange-t-elle avec une fiction qu'elle écrit ? Elle repense aux mots de Flaubert : « Au fond de son âme, cependant, elle attendait un événement. » Trop tard. Elle se raccroche à ce regard. Les yeux ne peuvent mentir, et ceux de Ben la transpercent. Oui, rien que pour cette sensation, elle plongera. Rien que pour le décrypter, elle s'immergera tout entière.

Plus tard, cette même nuit, Alma s'installe sur la banquette noire élimée d'un bar à cocktails. Elle ne dit rien, il se raconte. Il est architecte. Elle lui plaît, il ne saurait dire pourquoi. Il l'observait depuis un moment, elle semble un film à elle seule. Alma ne sait comment accueillir l'information. Elle penche la tête, avale sa salive, commande un mojito. Elle merci beaucoup, elle vous trouvez, elle sourit au serveur, essuie une goutte, là, juste à côté du sous-verre.

— Quand vous levez un sourcil, exactement comme maintenant, vous retenez un sarcasme, non ? C'est amusant et émouvant, à la fois. Trop bien élevée, mais votre corps ne peut se retenir tout à fait.

Alma rit, secoue la tête. Elle s'offusque, elle mais pas du tout, elle enfin je ne crois pas.

— Vous paraissez forte, mais derrière ce rire je sens de la tristesse.

Cette fois, Alma se fige, baisse les yeux. Déstabilisée.

En quelques minutes, Ben a décelé des failles qu'elle prend soin de cacher depuis toujours. Elle a peur, mais plonge la tête sous l'eau et ses yeux dans les siens. Elle y décèle à nouveau cette colère éteinte. Elle est foutue. Alma et Ben se considèrent en silence, désormais rien n'existe en dehors. Le reste, tout ce reste n'est plus que prétexte à se trouver là, l'un en face de l'autre. Plus d'odeurs de bières, plus de lumières tamisées, plus d'éclats de voix. L'essentiel est ailleurs, impalpable, évanescent, un désir qui prend soudain la place squattée par la solitude, un désir qui, soudain, isole du reste du monde.

Ben s'est penché au-dessus de la table. Enfin, soyons précis, c'est lui qui a plongé pour l'embrasser, Alma s'est laissée embrasser, ils se sont embrassés. Ben s'est momentanément défait de cette désinvolture maîtrisée qu'il affichait jusqu'alors. Ben est de ceux qui d'ordinaire jamais ne baissent les yeux. Échec et mat. Souffle coupé, elle en prenait pour une vie, pourtant continuer de respirer paraissait, plus que jamais, valoir le coup.

Une heure plus tard ils se séparaient, une heure au cours de laquelle ils n'avaient plus osé se toucher. Ils se sont racontés, avec pudeur, délicatesse et retenue. Par petites touches, comme des impressionnistes faisant apparaître peu à peu les contours de deux panoramas bientôt fusionnants. Remués et gauches, ils se sont quittés lorsque le bistrot a fermé.

Alma se sent encore aujourd'hui transportée par ces souvenirs. C'est fou comme tout cela résonne dans le creux de son ventre malgré les années, toutes ces douleurs, ces couleuvres avalées par kilos et mal digérées. Elle refait le film. Elle se remémore les mimiques, les froncements de sourcils et les sourires en coin. Ben la touche. Ses mots déroutants, mais jamais hors de propos, qui dévoilent une personnalité complexe et attirante, qui révèlent un décalage, une violence silencieuse, une ambivalence mystérieuse. Comme elle, Ben a conscience de faire partie d'un monde qui les tolère. C'est cette intuition commune et en creux qui lui donne le vertige et une sensation d'inachevé.

Alma ouvre les yeux. De l'autre côté de la verrière, le ciel est visiblement fâché qu'elle rende visite à ses démons. Il a pris un gris menaçant. Qu'elle tourne la page ou non, Ben ne sera jamais un numéro dans sa liste. Elle remonte haut sa couette. Pourtant, dès ce premier soir, Ben n'a pas caché être marié. Alma se repasse encore la soirée, mais cette fois déplace la focale. Elle détourne les projecteurs. Exit la fossette touchante et les mimiques émouvantes. Elle tâche de se remémorer la façon dont il a annoncé la couleur.

Peu de temps avant la fermeture du pub, Ben avait annoncé d'une voix ferme et les yeux rivés sur ses mains jointes qu'il était en couple et que la situation était ce qu'elle était. En plongeant ses yeux gris dans ceux d'Alma, il avait repris après une courte pause de circonstance. La situation était ce qu'elle était, mais il souhaitait la revoir. Plus que toute autre chose. Alma, sidérée, avait vaguement haussé les épaules. Par réflexe et pour se donner une contenance, il fallait bien réagir. Elle avait, à sa propre surprise, osé la question des enfants et Ben avait saisi sa main avant d'avouer un prénom, un chiffre. Pierre, trois ans. Elle avait pensé non, mais la tension qu'elle avait perçue lorsque leurs peaux étaient entrées en contact, l'oscillation qui s'était propagée dans leurs corps, tous ces signaux avaient aussitôt gommé ces autres vies dont il ne serait désormais plus question entre eux. En acceptant de le revoir, elle acceptait le lot. L'homme, son passé, et le fait qu'il existe ailleurs.

Son téléphone sursaute encore. Le silence qu'elle oppose le fait réagir comme jamais. Alma ne sait plus si elle doit se réjouir ou se désespérer.

*

Elle doit gérer pas mal de détails, la date d'inauguration approche. Alma compte fuir Paris le temps du week-end, il est donc nécessaire de se débarrasser de certaines corvées avant le départ. La boisson et les petits fours seront livrés sur place, mais elle doit contrôler des éléments de décoration que personne ne remarquera. Il est prévu qu'ils soient une centaine, Alma se demande comment ils empileront les invités pour les faire tenir dans les communs. Elle hausse les épaules, finalement indifférente au sujet.

Dans les rayons du grand magasin, Alma joue à se perdre avant de se rappeler qu'elle a des choses précises à trouver. Elle fourre distraitement dans son cabas des guirlandes multicolores. Elle caresse un plaid en fausse fourrure exposé sur un lit. Cinquante-neuf euros quatre-vingt-dix. Elle a toujours adoré les matières réconfortantes. Elle s'assoit sur le lit, pose le cabas à ses pieds, s'amuse d'avance de ce qu'elle va oser faire et plonge. Elle s'allonge sur le matelas et fixe le plafond du magasin, nettement moins glamour vu sous cet angle. Des dizaines de rails métalliques servent à suspendre les pancartes promotionnelles. Qu'importe, elle se sent bien dans cet univers parfait et factice. Elle attend qu'un vigile se présente pour lui demander de quitter les lieux, mais les minutes s'écoulent et rien de tel ne se produit. Alma rit doucement comme lorsque, petite fille, elle osait une bêtise. Elle ôte ses baskets et s'enroule un peu plus dans le plaid. Elle se sent protégée par les baldaquins, pourrait s'endormir. Elle rêvasse et tous l'ignorent, seuls deux enfants la pointent du doigt en pouffant. Le problème, se dit Alma, c'est qu'il n'est plus question de céder ou de résister, mais seulement de vivre. Alors, raisonnable car formatée, elle inspire, repousse à regret le plaid, expire, remet ses chaussures.

Alma rentre chez elle et calcule le temps qu'il lui reste avant de se rendre à la gare. Elle peut dégager une heure pour courir. Elle sait qu'elle va souffrir, mais choisit d'ignorer les signaux que son genou lui envoie. Elle cumule les kilomètres, additionne les distances, télécharge les applications de sport comme autant de certificats attestant qu'elle n'est pas une illusion. Sans ces sensations physiques, elle a peur de disparaître. Sans la tension des muscles, elle ne sait plus qui elle est.

La douleur s'empare de son articulation au bout de quinze minutes. Elle l'ignore, l'esprit plus fort que le corps. Elle serre les dents. Automate, elle enchaîne les foulées. Le casque sur les oreilles, elle s'isole et fonce, percute ses souvenirs comme un joueur de rugby, avance, coûte que coûte. Ces images de Ben, elle va les faire voler en éclats, les pulvériser. Briser les odeurs, les images, les sensations. Qu'il est facile de se raconter des histoires, simple de se bercer d'illusions et de nourrir des regrets. Être honnête, bordel de merde. Tu vas ouvrir les yeux, oui ! C'est elle qui a provoqué les rares occasions où Ben a refait une incursion dans sa sphère, elle qui a voulu percevoir des signes d'attachement en lieu et place de désir, déniché allusion ou sens caché là où il n'y avait qu'une succession de mots. Elle doit dire stop, contraindre son esprit, abandonner le fantasme. Casse-toi pour de bon, Ben. Dégage de ma vie.

Alma court de plus en plus vite. Elle attend beaucoup de ce week-end, compte se désintoxiquer, pense sevrage de téléphone. Elle tient encore un peu, entre essoufflement et sanglots, avant de piler au bout d'un quai.

Elle regarde les eaux saumâtres de la Seine s'écouler lentement.

Elle doit se préparer pour autre chose, pour la suite.

*

Alma monte dans le train et échoue sur le siège qui lui est réservé. Pour se retenir de répondre aux messages, elle doit puiser loin dans son ventre, aller chercher des ressources qu'elle n'est pas certaine d'avoir en quantité suffisante.

Alors qu'elle file vers la maison familiale, elle s'efforce de ne pas ignorer l'honnêteté qui pointe son nez. Pourtant, elle sait qu'il suffirait d'un rien pour qu'elle rechute. Se rappeler le baiser, par exemple, pourrait la faire sombrer. Pas le tout premier, non, l'autre, celui donné en pleine rue, inopinément. Ils se voyaient pour la troisième fois, elle avait blagué, une boutade plutôt potache. Ben avait éclaté de rire, pivoté et planté ses yeux dans les siens. Calée dans son siège Alma en tremble encore. Elle éprouve à nouveau la violence de l'instant, ses mains qui avaient encadré son visage. La rue qui s'était tue, le monde qui avait tourné sans eux, totalement indifférents à sa marche. Elle ne s'était jamais sentie si vulnérable. Il lui apparaît que c'est la quête de cet instant qu'elle poursuit depuis, pas autre chose.

Alma ouvre les yeux, de l'autre côté de l'allée, une femme l'observe. Elle se sent un peu idiote, et fuit son regard. Elle compte rester seule avec ses souvenirs. Depuis le départ de Ben, elle est restée en alerte, s'attachant au moindre détail du passé, refusant de tourner la page. Mais la vérité est celle-ci : Ben est marié, avec un enfant et pas du tout décidé à changer de situation, elle censée l'accepter. Non qu'il soit exceptionnel, Ben cristallise les moments les plus intenses qu'elle ait connus. Elle pleure cet avant, les sensations éprouvées, ce sentiment qu'elle avait alors d'être pleinement vivante. Masochiste, Alma s'est échinée à entretenir le leurre depuis leur rupture. Depuis, si elle enchaîne les relations, c'est dans l'espoir que la magie opère une seconde fois.

Le coucher de soleil s'étale en nuances indécentes et c'est son regard qu'elle défie dans la vitre. Elle a cultivé un mirage. Incapable de retourner à une vie qu'elle considérait comme moins intense. Qu'a-t-elle espéré, en fait ? Ben n'a pas caché que leur histoire n'avait pas la même valeur à ses yeux. Elle est pour ainsi dire l'unique responsable de sa tristesse. Alma fait la moue et pose la tête contre la vitre embuée. C'est donc ça la réalité ? L'évidence d'une histoire n'a que celle qu'on veut bien lui donner ?

Alma observe un moment le reflet de sa voisine qui tricote puis ferme les yeux.

Si on n'est jamais plus seul qu'à deux, l'essentiel pour avancer est déjà de croire suffisamment en soi.

*

Dans la maison de famille, elle erre comme un junkie en sevrage, parce que, au fond, c'est exactement ce qu'elle est.

Elle se mêle aux conversations, mais décroche bien vite avant de s'isoler pour tenter de lire. Lorsqu'on le lui demande elle casse des noix pour la salade et fait office sans rechigner de quatrième pour la belote. Ici comme ailleurs, il est facile de jouer *a minima* le jeu de l'entourage. Elle n'a jamais culpabilisé vis-à-vis de l'autre, sa femme. Peut-être étonnant, mais c'est ainsi. Leur rencontre étant une évidence, c'est l'autre qu'elle voyait comme un caillou dans la chaussure. Il fallait faire avec puisque visiblement Ben ne comptait pas faire sans. Passé la lune de miel, il y a eu les périodes de chantage, les disputes, les phases d'autopersuasion, les c'est pas si important, les déclarations passionnées, mais jamais engageantes, les il n'y a que toi. Ben ne s'est jamais privé d'enfoncer le clou, c'est elle seule qui ne supportait pas une situation pourtant claire depuis le début. Elle « ne savait pas profiter du moment présent ». *Carpe Diem* mon cul. Elle en sourirait presque, quelle scandaleuse hypocrisie. Classique parmi les classiques, ma pauvre fille.

Elle efface des photos prises lorsqu'il était endormi. Elle en était arrivée là, ne pas savoir si elle était en droit de posséder ces photos. Moitié de femme, moitié d'amante, moitié de rien. Elle détaille son visage, son cou. Sur celle-ci on distingue sa nuque, émouvante et puissante. Dans un sursaut de lucidité, elle confie son smartphone à sa mère, lui faisant promettre de ne pas céder à ses probables supplications.

Alma, au fil de la journée, redécouvre la valeur du temps qui passe, prend la mesure des minutes qui s'écoulent sans but, sans espoir, mais également sans crainte. Elle réapprend, convalescente, à cheminer dans la réalité de ceux qui fonctionnent normalement, entourés de personnes bien réelles et non d'un fantôme flottant potentiellement derrière un écran.

De toute façon, elle voulait plus que ce qu'il pouvait lui donner. Des nuits entières, des week-ends dépaysants et des levers de soleil. Des soirées électriques, des heures silencieuses et des minutes pleines de rires. Des moments à passer ensemble, sans regarder l'heure, et non des créneaux planqués dans des plannings. Elle le désirait pour elle seule.

*

Alma met quelques minutes à émerger. Elle s'étire en examinant les contours de cette chambre où elle a maintes fois dormi. Dans le lit de quatre-vingt-dix centimètres, Alma risque la rechute après un petit déjeuner de tartines beurrées. Parce que c'est doux même si c'est amer, en examinant les lézardes du plafond elle projette sur la face interne de ses paupières la vie que Ben mène sans elle. Là, il cherche en catastrophe un cadeau pour l'anniversaire de sa mère, ressort acheter des piles pour la voiture télécommandée de son fils, ensuite il réservera en ligne deux places de concert. Elle imagine ses gestes, leurs gestes. Sa femme pose une main sur son épaule en consultant les dates, il entoure sa taille, ensuite viendra un pouce appuyé sur la joue pour ôter un cil, et dans la foulée il fera un double nœud aux lacets de l'enfant. Un rayon de soleil glisse sur son visage, mais Alma conserve les yeux clos. Elle le voit monter un nouveau lit pour la chambre du petit, il a tellement poussé ces derniers mois. Sa femme lui tend la visseuse-dévisseuse. Il en profitera pour repeindre la pièce, tiens. Ils s'accordent avec tant de facilité sur le choix de la peinture. C'est si simple, ils se connaissent depuis tant d'années. Les larmes ne coulent même plus sur les joues d'Alma, c'est une douleur sèche qui la craquelle de l'intérieur.

Son père a saisi son mal-être. Il veut l'entraîner

sur les chemins qui bordent la maison, il assure que ça lui fera du bien et qu'à défaut cela ne lui fera aucun mal. Il insiste, manœuvre, fait du chantage, vitupère pour la forme. Il s'il te plaît, voyons. Elle capitule, ils déambulent. Bras dessus, bras dessous. Elle apprécie, respire à nouveau. Elle est convalescente.

Elle avance sur les sentiers, enjambe des rondins, contourne des haies. Ses baskets sont trempées, elle aurait dû enfiler les bottes que sa mère lui a proposées mais l'humidité qu'elle ressent jusque dans ses chaussettes lui fait prendre conscience qu'elle est encore capable d'éprouver d'autres sensations.

Elle ne reste jamais à la campagne plus d'un week-end. Passé deux jours, elle a physiquement besoin de ressentir l'onde de la ville. L'influx, déjà, lui manque. Elle souffre de vert et s'asphyxie de calme. Sa mère lui rend son smartphone. Elle voudrait le fendre en deux, jeter l'objet dans le ruisseau qui borde la maison ou dans les toilettes du rez-de-chaussée, on n'est pas à ça près.

Alma étreint et remercie ses parents. Elle aurevoir, puis promet de bien manger et d'être moins sérieuse. Elle sourit. Ne vous inquiétez pas, je suis une grande fille. Moi aussi je vous aime fort.

Dans le train, elle n'ose examiner l'appareil, repousse encore et encore l'échéance. Ses yeux s'accrochent à chaque éolienne qui surgit pour tromper son esprit mais finit par céder, tout en se préparant à une énième désillusion. Coup de théâtre, dix messages. Sa femme est partie passer quelques jours à la campagne avec leur fils. Il proposait un week-end. Bordel de merde, un week-end entier. Elle calcule, réfléchit. En se débrouillant intelligemment, il leur reste une nuit.

Alma sent les larmes derrière ses paupières, son voisin tique.

Alma a du mal à respirer. Elle tremble. Vous auriez un mouchoir ? Merci infiniment.

Le train file, répudie la Normandie, et sa cage thoracique se pressurise à mesure que Paris approche.

Et elle chiale, putain. Elle chiale de rage. Un week-end, une nuit, ça change tout. C'est pas pareil ? Rien à voir avec les miettes habituelles, on est sur du semi-constructif, non ?

Elle chiale, putain, elle chiale parce que tout ça est décidément terriblement compliqué. Insupportablement épuisant.

Elle chiale parce qu'elle sait bien qu'elle s'apprête à gaiement se jeter dans la gueule du grand méchant loup.

Et en reprendre pour six mois.

Minimum.

*

Alma descend du train d'un pas bringuebalant, s'engouffre dans une rame de métro et tangue à chaque redémarrage. Elle parcourt les deux cents derniers mètres sans en avoir conscience, flotte littéralement entre la station Liège et son immeuble. Il est tard. Il est trop tard. Elle appelle l'ascenseur, elle est tout à la fois effervescence et nausée.

Comme si elle était armée pour dire non... Bien sûr qu'elle va y aller. Mais comment accepter en conservant l'avantage si durement acquis ? Elle a raté un week-end complet en se tenant loin de son téléphone, erreur tactique. Un week-end, si c'est pas une preuve ! Parce que c'est une preuve, n'est-ce pas ? De toute façon, elle doit prendre une douche. Où en étions-nous ? La jouer détachée pour garder la main, voilà. Se montrer plus stratège que les dernières fois. Oui, pas mal ça, rester focus sur l'ascendant. C'est peut-être le tournant de leur histoire, qui sait ? Mais de quelle histoire tu parles, Alma ? De ces miettes ponctuellement collectionnées ? Ma pauvre fille, il n'y a même pas de quoi reconstituer une part de cake. Tu le sais qu'il te faut absolument t'extraire de l'urgence pour retrouver un semblant de lucidité. Des miettes, sérieusement, c'est ça que tu veux ?

Pourtant Alma se déshabille après avoir envoyé un message minimaliste. D'acceptation c'est certain, mais minimaliste, quand même. C'est pas si mal, regarde. Reconnais que c'est minimaliste, s'il te plaît. Mue par une résolution qu'elle hait mais qui la dépasse, Alma se retrouve sous la douche. Au sortir, elle crème ses jambes, son ventre, ses seins. La réponse de Ben est arrivée durant les ablutions, le code de la porte a changé. Elle va y aller, c'est évident. Ça se saurait si elle était en capacité de résister. Oui, il est tard, et alors ? Une nuit c'est une nuit. Toute une nuit. Elle s'enfonce dans son pantalon, boutonne une blouse blanche et extirpe de l'armoire à chaussures des salomés. Dans son sac, une nuisette et une trousse de toilette. Une nuit est une nuit. Toute une nuit, tu te rends pas compte, ça change tout. Elle attrape son sac à main, se dirige vers l'entrée en jetant un dernier coup d'œil à son appartement. Bon sang, cette fois encore les jeux sont faits.

Alma prend une profonde inspiration. Elle s'apprête à sortir lorsqu'elle perçoit l'impact. Sa tête se tourne spontanément. Un corps est étendu sur la verrière.

Elle dégrise instantanément. Il y a un cadavre sur sa verrière, et il se met à ramper.

*

Sans se poser de question, Alma a couru jusqu'à l'escalier de service.

Instinctivement, elle a empoigné le gosse puis l'a traîné jusqu'à chez elle.

Dans les nuages, dans les chansons, dans l'alignement de ses stylos, elle voit des signes. Lorsqu'elle court contre le vent, elle s'imagine lutter contre l'univers, alors ce corps tombé sur la verrière précisément au moment où elle allait se jeter dans les bras du prédateur…

Alma a fait du thé et ils sont restés muets. Sidérés. Elle, par le timing, lui, par la chute.

Évidemment elle se dit qu'il a essayé d'en finir, le gosse. On ne se perche pas sans raison logique sur un toit de verre. Elle a positionné le mug devant lui et patienté. Ils avaient besoin de digérer le moment.

Curieusement, Alma a apprécié ces minutes. Elle a aimé agir à l'intuition, repousser loin stratégie et supputations. Elle a aimé se sentir utile et la présence de l'adolescent sur son canapé. Il lui suffisait d'être là. Se tenir là, accompagner l'instant, sans plus avoir à peser des foutus tenants et en emmerdant bien profondément les aboutissants. Elle a laissé le téléphone sonner. À dire vrai, elle a à peine perçu la sonnerie. Il s'appelle Vadim, et ça lui va à la perfection.

Vadim est passé la voir le lendemain et il s'est produit quelque chose de déconcertant lorsqu'elle a évoqué la reproduction de la *Nuit étoilée* qui illumine un coin de son séjour. Un truc assez fou, quand elle y repense. L'ado est pour ainsi dire entré en éruption. Oui, presser un interrupteur n'aurait pas eu un effet très différent. Des phrases, des phrases et encore d'autres sont venues éclabousser le soixante-deux mètres carrés. Des brassées de mots, des chapelets d'aveux ont inondé son intérieur sobrement décoré. De mémoire, Alma n'avait jamais assisté à quelque chose d'aussi émouvant. Elle l'observe, les yeux perdus au fond de sa tasse de thé et, aussi curieux que cela puisse paraître, Alma sent qu'elle partage beaucoup plus avec cette âme en peine qu'avec Ben.

Dans ces sourcils trop froncés et la gravité qui émane de son visage, Alma se reconnaît.

VADIM

Depuis qu'Alma est de la partie je suis comme en rémission. Même si c'est fragile, même si c'est en eaux troubles, même si je suis conscient que ce mieux tient à pas grand-chose, je crois que je commence vraiment à surnager.

Alma a rien lâché à ma mère. J'ai été super soulagé que le mec de la verrière assure que ça bougerait pas d'un poil de cul. À rétro, je pense que même si ça avait été plus emmerdant, même s'il avait fallu intervenir, changer un truc, Alma aurait pas moufté. On joue clairement pas dans la même division et en temps normal j'aurais pas dû entrer dans son orbite, malgré tout, je sais pas comment expliquer, mais elle et moi on est en phase. Pas grand-chose en commun, mais faits du même bois. Ou alors c'est nos cicatrices qu'ont la même forme, quelque chose comme ça. C'est pas de la pitié non plus, on se soutient l'un l'autre. On s'épaule. J'avais jamais rencontré quelqu'un comme elle, d'aussi singulier, fragile et résistant à la fois. Alors que j'avais à peu près autant envie de parler de moi, d'aller voir des psys que de plonger dans une fosse septique, avec elle tout ça paraît naturel. Sans filtre. Alma dit que c'est une histoire de moment, de fréquence, et qu'au fond on se fout de savoir pourquoi. C'est vrai qu'on s'en fout, ce qui compte c'est que ça nous fasse du bien à tous les deux.

Un moment important s'est joué sur le toit. Encore une fois. Après cette histoire de chute, je suis retourné la voir de plus en plus souvent, ça me faisait du bien. Ça devait pas la déranger non plus puisqu'elle relançait, me conseillant tel livre ou me recommandant d'écouter ce groupe antédiluvien. Tous ces prétextes ont servi de trame aux liens qu'on tissait, à cette relation qui s'est peu à peu établie et qu'on serait bien infoutus de nommer. Bref, comme Alma semblait pas comprendre ma fascination pour les toits, j'ai suggéré une visite guidée. Elle a accepté direct, tu parles, elle mourait d'envie de voir comment c'était, la canopée. C'est curieux toutes ces barrières qu'elle se met, drôle de réaliser à quel point les siennes sont à ce point différentes des miennes. Ah ça, pour se taper du mec marié, il y a du monde, mais monter sur le toit en douce, pour elle, c'était comme passer dix kilos de cocaïne à la douane. Faut dire que les gens de l'immeuble se doutent pas une seconde de la vue qu'on a, de là-haut. J'étais un peu ému, j'avoue, et pas peu fier. Alma, sur le toit, elle a ouvert des yeux grands comme des soucoupes et fait la girouette sans pouvoir s'arrêter de sourire.

— Bordel c'est beau, elle a dit. C'est tellement beau.

Et encore il faisait gris. Et encore, il faisait pas nuit. Je reste persuadé que c'est ce jour-là qu'une part importante du plan de survie s'est jouée. On s'est posés, elle et moi. Alma a pris la place de Valentine, mais j'ai pas bronché, déjà parce que je vois pas ce que j'aurais pu dire. Elle a parlé de Baudelaire, qu'elle se sentait sur les balcons du ciel. J'ai raconté les photos, les rituels qu'on avait, et plus lentement, plus posément, je lui ai expliqué comment j'avais tenu, durant tout ce temps, en programmant mon esprit à la limite de la réalité pour que mon père, et puis Valentine ensuite, viennent me rendre visite. J'ai fait comme si de rien n'était, comme si tout allait, ouvrez les guillemets, à peu près bien, fermez les guillemets. Semblant que j'étais pas si bancal, comme si je me moquais de la vague. Je lui ai raconté que le jour de mon accident, j'avais revu mon père quelques secondes, puis que Valentine était passée me voir à l'hôpital, sans doute parce que j'étais shooté. Que je picolais, perché là-haut comme un busard, juste parce que j'espérais qu'ils reviennent une seule toute petite fois. Elle a écouté quand je lui ai dit que j'espérais en finir avec ces histoires, même si dans le fond j'en sais rien. J'ai dit que j'imaginais clore le dossier, mais en beauté, attention. Une nuit de pleine lune pour que ce soit significatif d'un renouveau, et passer à autre chose, enfin. Elle a écouté sans rien dire et a fini par lâcher que chez elle, c'était pas une vague mais une boule. Qu'elle était ronde et épineuse et qu'elle montait du fond du ventre, comme une alpiniste équipée de grappins. Que lorsqu'elle se pointait, Alma savait plus quoi faire, comment tenir le volant de son existence, qu'elle filait des coups à droite et à gauche, mais que ça donnait que de la merde. Je lui ai rappelé que j'avais même pas l'âge d'avoir le permis et elle a rigolé. Elle a eu ce sourire triste, de compréhension mélancolique. On est restés un moment silencieux, mais dans ce silence je réfléchissais, j'étais lucide comme il m'est peu arrivé de l'être. Je grandis, et ma part d'enfance rétrécit chaque jour un peu plus, comme peau de chagrin. Elle a dit que ça servait à rien de regarder derrière, que ma vie elle était devant, au-delà des toits, mais pas en bas, hein, attention. Je le sais ça, je suis pas débile, mais quand c'est elle qui l'affirme j'ai pas envie de cogner, pas envie de hurler ou de changer de sujet. Je l'explique pas, tout comme je m'explique pas ses failles et pourquoi elle s'échine à retenir ce mec qui la repousse un coup, pour la siffler la fois suivante. Elle m'a dit que mon atterrissage sur la verrière, ça l'avait stoppée dans son élan, qu'elle s'apprêtait à le rejoindre, une fois encore, à jouer au paillasson de service, une fois de plus. Elle sait ce que j'en pense, je me censure pas. Ce type est une fiente et mérite pas une femme de sa trempe.

À la bibliothèque, j'emprunte certains livres qu'elle évoque. Je l'imaginais pas aussi cultivée, elle est clairement moins superficielle qu'elle en a l'air. Je vais lui offrir mon corbeau quand il sera peint. Je cherche *Cent ans de solitude* dans les rayons quand je tombe sur la Frange. Je la regarde et j'ai comme une vision, je vois en pensées tous les vaisseaux sanguins qui cheminent dans son corps et qui pulsent à l'unisson. C'est magnifique et effrayant. Elle rougit en me voyant et, d'un coup, sans doute parce que je me sens plus vivant qu'avant, je décide de l'aborder. On reste pas plus de deux minutes à échanger des conneries, mais quand je retourne dans la rue, l'air me semble coloré, plus dense, plus épais. Je crois qu'à force de m'isoler j'ai oublié ce que c'était qu'être totalement en vie, et la Frange, dans son genre, elle est parfaitement et pleinement vivante. C'est sans doute les hormones, je suis pas dupe, mais l'idée qu'autant d'énergie soit canalisée dans une seule et même personne, ça me fait quelque chose.

Ce soir-là, quand je passe chez Alma, elle sort un ton ultra solennel de son étui. Elle annonce qu'elle a un projet à me proposer, et aussi un cadeau pour moi. En me tendant un bouquin sur Van Gogh, elle balance qu'elle a pris deux billets pour Orsay, et sur le moment je vois pas bien le rapport avec moi. Puis je perçois au fond de ses yeux une lueur maligne et pleine de défi. Je recule, c'est instinctif, ces billets puent le traquenard et le passage en force. Alors Alma rit, et la voir rire me fait sérieusement envisager la possibilité de sortir du quartier. Elle dit que *La Nuit étoilée* est de passage à Paris et que c'est un truc qui se rate pas, que c'est une histoire d'alignement des planètes, et que non, décidément, que ça se refuse pas. Je la remercie pour le cadeau, et réponds que son projet est un peu trop ambitieux pour le moment. Alma me fixe alors gravement et annonce qu'Orsay est le cadeau dont elle parlait, mais que le projet, mon petit pote, c'est encore autre chose. Parce que le musée c'est acté, elle reprend d'un ton de maîtresse d'école. J'ai pas le choix, c'est comme ça, point barre. Emballez, c'est pesé.

Après ces annonces, Alma demande à retourner sur le toit. Je flippe, car à cette heure-là on pourrait carrément croiser ma mère ou encore Xavier, mais je l'embarque quand même. Là-haut je lui trouve quelque chose de changé. Elle dit que c'est pas si con, cette fin que j'ai évoquée. Ma volonté de passer à autre chose, d'arrêter de subir. Elle parle beaucoup et je sais pas si dans ce monologue il est question de mes problèmes de fantômes, ou bien de l'enfoiré qui la torture. Je sens qu'elle est émue, son visage paraît alors si grave que l'envie de pleurer m'effleure. Derrière ses premières rides, je vois l'enfant qui squatte toujours. Ça me bouffe, car ça parle au mien, d'enfant intérieur, qu'est devenu trop grand pour continuer de se raconter des histoires. Ces deux-là doivent communiquer par télépathie, car le trouble que je ressens alors achève de me décider : on va la planifier cette soirée d'adieux à nos démons. Si je le fais pas totalement pour moi, je le ferai aussi pour elle. Je lui dois bien ça. Alors je dis tope-là et Alma se marre enfin. Elle sourit à nouveau et je respire un peu plus large. Je lui dis tope-là, mais pas n'importe comment, non. Une nuit de pleine lune, dans ce cas. Une lune parfaitement ronde.

Que la nuit soit étoilée ou non on s'en fout. C'est l'intention qui compte, on le sait tous les deux. J'ai peur qu'elle le soit pas du tout, mais il faut en passer par là.

Il faut y aller. De toute manière, je peux pas continuer de creuser.

Un centimètre de plus et je pourrai pas remonter.

Cette nuit c'est la chance de nos vies.

*

J'ai bien réfléchi et annoncé à Alma que le moment qu'on projetait d'organiser pouvait pas se tenir sur notre toit. Que c'était pas assez fort, que ça suffirait pas. J'ai évidemment repensé aux fois où Valentine était particulièrement sur les nerfs. Elle me laissait alors en plan pour se faufiler entre les cheminées. Elle longeait des gouttières, passait d'immeuble en immeuble, pour rejoindre un coin vraiment isolé, avec une vue à couper le souffle sur la ville. Phénoménal. Vertigineux. Un tel spectacle vous torpille les viscères. Certaines fois, je laissais Valentine régler les comptes qu'elle semblait devoir régler, mais quand je sentais qu'elle m'y autorisait, je la suivais, pas du tout à l'aise, le stress chevillé au corps. Alma a rétorqué que ça posait aucun problème, qu'elle avait pas peur. Il faut ce qu'il faut, elle a ajouté, et là j'ai su que sa boule devenait plus douloureuse.

Avoir cette échéance c'est compliqué pour moi. Ça fait sens, c'est sûr, mais concrètement il va se passer quoi ensuite ? C'est bien joli ce but, cette date entourée sur le calendrier… Je suis heureux de me lever avec ça en tête, mais si jamais ça règle rien ? J'ai pas intégralement vrillé, et même si une part de moi espère de vrais adieux, il y a de fortes probabilités pour que notre nuit solutionne que dalle. C'est le processus de deuil, j'imagine. Accepter. Se faire à l'idée que le futur se parera d'une teinte définitivement différente. Consentir à ce que tout soit autrement. Quoi qu'il en soit, je dois me concentrer d'abord sur Orsay, car pour l'heure, l'idée de cette sortie me tétanise bien plus que notre crapahutage sur les toits.

Ma mère a fini par capter que je me rendais souvent chez Alma. Elles avaient quelquefois discuté par le passé des histoires de syndic, d'étrennes au concierge Brandier. Comme ma mère l'aime bien, elle a pas creusé, trop heureuse que je tisse un lien avec un être humain. J'ai raconté qu'on parlait d'art, ce qui est pas tout à fait faux, et qu'Alma s'intéressait à mes collages, ce qui est pas tout à fait vrai non plus. Comme ma mère, l'art elle s'en tamponne sévère, elle a pas cherché à en savoir plus. Quand j'ai dit qu'Alma voulait me traîner à Orsay pour mater Van Gogh, ma mère s'est allumée d'un coup, une flamme d'espoir, je pense. Ou un réflexe, difficile de trancher. C'est à ça que je pense sur mon toit, parce que j'y retourne, évidemment.

Je me demande comment ma daronne gère tout ça, comment elle fait pour tenir les rênes de sa propre vie. Je sais même pas, dans le fond, si ma mère a un quelconque avis sur les visites que je rends à Alma. Est-ce qu'elle a peur ? Est-ce qu'elle s'interroge ? Est-ce que, simplement, ça la soulage de passer le relais, ou bien est-ce que, tout bêtement, elle s'en fout ? Je réalise que devenir adulte c'est découvrir qu'on peut compter que sur soi, même si on est entouré.

Quand je débarrasse la table et que ma mère fume à la fenêtre, perdue dans ses pensées, je l'imagine à vingt ans. Puis enceinte. Puis jeune maman. Pas une seconde, j'en suis à peu près sûr, elle s'est imaginée dans la peau qu'elle squatte aujourd'hui et ça, ça me remue, à m'en faire sauter le cœur. Taffer pour remplir le frigo, chercher les mots pour communiquer avec un fils qui dysfonctionne, se retrouver veuve. La nature est bien faite quand même, parce que s'ils présageaient ça, les gens feraient plus de gosses.

Ma mère a encore proposé de me prendre rendez-vous chez la psy et cette fois, je sais pas pourquoi, j'ai dit oui. Alma dit que c'est une bonne chose, que je vais fuir ou exploser, sinon, à force de me contenir. Que ma peau tiendra pas la pression, que les coutures vont lâcher et que ça va être salement gore. Cette fois j'ai dit oui, j'irai donc voir cette psy. Je ferme fort les yeux à en voir des couleurs orangées et je m'allonge sur le toit. Je sais pas si je préférerais désintégrer ou au contraire étirer le temps qu'il reste jusqu'à la lune qu'on a choisie pour notre nuit d'adieux.

*

Dans l'espoir de croiser la Frange, je me rends à la bibliothèque aux mêmes heures, et c'est à croire qu'elle fait pareil, la Frange, qui en fait s'appelle

Lilas, parce que je fais souvent mouche. Mine de rien, avec un petit sourire en mode détaché, à la cool, j'emprunte *Alcools* d'Apollinaire, un bouquin sur Van Gogh et puis un autre sur Orsay. Toujours cette frange fabuleusement dense, qui s'anime au moindre de ses mouvements, et cette queue de cheval qui tressaute quand elle se force à rire aux jeux mots vraiment nazes que je sors. Lilas, tellement entière, si vivante.

Je lisse la couverture épaisse ornée de l'horloge d'Orsay du plat de la main.

Si ça se trouve, je vais vraiment réussir à y aller.

*

Je détaille le tableau bariolé. Vingt minutes que la psy et moi on se regarde en chiens de faïence. Je peux pas m'empêcher de décortiquer cette expression. Je m'interroge sur l'envie qu'ont certaines personnes de posséder des chiens en faïence. Il paraît que je suis chelou… Je me dis que psy c'est assez cool comme job, parce que ma mère va raquer alors que j'aurai pas lâché un mot. Chignon lisse son pantalon et j'observe ses mains, son vernis doit avoir quelques jours parce que par endroits on voit des petits éclats. Sans que ça fasse négligé non plus, globalement elle est d'un genre soigné. Ça sent bon dans son cabinet et elle aussi, elle sent le parfum. Pas quelque chose d'entêtant.

C'est frais et sucré, léger. Elle est maquillée, mais pas à la truelle. Je l'appelle Chignon parce qu'elle a un chignon volumineux. Je l'imagine au lever, se brosser les cheveux, les nouer d'un geste assuré. Même plus elle réfléchit en le réalisant. Elle y met le plus généralement des épingles, mais j'imagine que parfois, comme certaines filles du bahut, elle plante un stylo dans toute la masse. Chignon est jolie, ça se discute pas. Ses paupières tombent un peu sur les côtés, c'est charmant, ça lui donne un air doux alors que je suis sûr qu'elle tire dessus dans le miroir, pour se rappeler comment c'était avant ou comment ça pourrait être après.

Au début de la séance, elle a demandé si j'avais des sujets particuliers à aborder. Comme j'ai répondu non elle m'a laissé peinard. Un temps, j'ai eu l'impression qu'on se jaugeait, pour savoir lequel des deux parlerait le premier, mais maintenant je suis juste là, posé. Au calme. Et c'est pas si mal, en fin de compte. On dirait que cette pièce a des murs anti-émotions, ou plutôt qu'ils filtrent l'extérieur comme des membranes. Je suis neutralité. Je savoure l'étrangeté du moment quand Chignon se lève d'un coup. Je regarde ma montre, ça fait tout juste vingt minutes que j'ai passé la porte. Chignon dit qu'on peut se revoir si j'en ai envie, que c'est à moi de voir. Je suis sur le cul, j'étais censé rester une heure, c'est un peu l'arnaque quand même. Chignon capte mon étonnement, demande s'il y a un problème et je reste comme un con, la bouche ouverte, incapable de répondre. Assis, alors qu'elle est debout. Dans l'attente, alors qu'elle est déjà dans l'après. Pas mal de choses se précipitent en marge de mon cerveau, d'un coup, je me demande pourquoi j'en profite pas pour me barrer et aussi pourquoi j'ai accepté le rendez-vous. Je bouge pas et finalement Chignon se rassoit. Elle reprend la même position qu'au tout début. Doucement, elle recommence. La séance, je veux dire. Elle prononce les mêmes phrases. Est-ce que c'est à cause de ses yeux, qui sont chaleureux, ou le fait qu'elle me laisse une deuxième chance, ce qui est pas si fréquent dans la vie, mais cette fois, je me lance. Je m'entends balancer par le menu une bio hyperglauque, qu'est la mienne pour finir, faut admettre à un moment. Je lui dis en rigolant que c'est quasi du Zola, ce à quoi elle répond hyper sérieusement qu'elle a lu des Zola plus gais, oui, y a pas à dire. Chignon sourit, alors je continue à déballer ma vie, un peu à elle et un peu aux personnages du tableau que je fixe parce que je suis incapable d'affronter ses yeux doux trop longtemps. Ils écoutent, tous. Ils prêtent attention à la moindre de mes paroles, à mes mots qui sortent un peu façon foule survoltée à l'ouverture d'un jour de super soldes. Tous, Chignon, les gusses du tableau, et même une partie de moi qu'est étonnée d'entendre étaler à voix haute un état des lieux aussi miteux. Comme chez Alma le soir où je suis tombé sur la verrière, mais en pire. C'est un sacré foutoir, il y a pas l'ombre d'une cohérence dans la chronologie, tant pis, parti pour parti, foutu pour foutu, c'est pas à moi de faire le tri. Chignon me laisse faire, cherche pas à me guider, à canaliser l'ensemble ou à poser de questions, elle fait rien d'autre qu'écouter. Si ça se trouve elle s'est endormie, je sais pas, j'ose plus regarder dans sa direction. Après un long moment, une irrépressible envie de bâiller me prend. Vanné, vidé. Coupé dans mon élan, j'arrive plus à reprendre. Je sais alors que l'épiphanie est terminée, que je serai incapable d'accoucher d'un mot de plus. J'ai très certainement épuisé mon quota pour les dix ans à venir. Ouais, si ça se trouve à compter de maintenant je vais être muet, tellement j'ai parlé. Chignon sourit une nouvelle fois, c'est fou ça doit être un TOC, et propose le plus naturellement du monde de conserver le même créneau. Je lui balance un bref mouvement de tête, conscient que hochement égale contrat. Qui vivra verra. *Que sera sera*. Soudain, ses yeux glissent jusqu'à mes mains et s'y arrêtent. Je les sens, posés sur moi, mais comme d'habitude, je peux pas m'empêcher de frotter frénétiquement mon jean. C'est peut-être pour ça que j'ai envie d'essayer, parce que depuis le début de la séance Chignon fait mine que rien de ce qui vient de se produire est anormal. J'ai parlé d'Alma, mais pas raconté ce que je voyais et que je vois plus. Pas évoqué la silhouette de mon père le jour de l'accident ou le retour inattendu de Valentine à l'hôpital. Chignon a respecté, pas questionné. Elle me catalogue pas, je crois. Chignon voit pas en moi le marginal que présumait si fort Superconnard.

Rien que pour ce détail, qui a son importance, je vais tenter l'expérience avec Chignon. Je sais pas quoi essayer d'autre, et en plus je suis définitivement pas très chien.

*

Le rendez-vous était fixé en bas de l'immeuble. J'avais pas dormi, je transpirais, tremblais, l'horreur. Il m'a semblé distinguer l'échec au coin de la rue, mais il a dû se tirer quand Alma m'a filé un coup de coude. Elle a levé un index en direction du ciel, j'ai levé la tête. Le toit, le pacte. Orsay, contre cette nuit que je suis incapable d'affronter seul. Orsay, ouais. Alma a parlé tout le trajet, s'est arrangée pour meubler le moindre recoin de silence et ça m'a fait l'effet d'une pommade. La vague m'a menacé à pas mal de reprises, mais il s'est rien produit de calamiteux, pour finir. J'en revenais pas.

C'était fou. Totalement dingue. J'avais pas anticipé un tel déferlement d'émotions, une claque pareille. Les poils, bon sang. J'aurais pu rester des heures au musée, et Alma au moins autant. On a pas mouftéé durant la visite, on s'est juste contentés de se tenir côte à côte. On a fini par *La Nuit étoilée*, après s'être gavés du reste des toiles. Ensemble, mais chacun baigné dans sa solitude. J'ai eu la sensation d'avoir pris rendez-vous avec moi-même, de retrouver un vieux copain et c'était d'un effet curieux. Ces couleurs, ces ambiances et ces lignes. Les bleus, les jaunes. Mélancolique et flamboyant à la fois. Il y avait des tonnes de spleen, quand même, sous ce méridien. On était pensifs sur le chemin du retour, même si personnellement je ressentais des trucs qui s'apparentent à de la joie.

Alma est différente ces jours-ci. Je crois pas que ça ait quelque chose à voir avec *La Nuit étoilée*. Je parie que Fiente l'a relancée et que ça tiraille dur. Je pose pas de questions, ça fonctionne pas comme ça entre nous. Et puis dans dix jours c'est la pleine lune et je veux croire que ça solutionnera quelque chose pour elle aussi. En tout cas, sortir du périmètre sans qu'il y ait de drame, sans qu'une crise se produise, ça m'a vraiment fait du bien. Rémission, convalescence. Un peu comme lorsqu'un rayon de soleil se pointe et perce le plafond de nuages au cours d'une journée plombante. Ça durera peut-être pas, mais c'est toujours ça de pris.

Je me suis remis au corbeau, je compte l'offrir à

Alma. Le terminer, déjà, constituerait un exploit en soi. Chignon dit que j'ai meilleure mine. J'ai revu la Frange l'autre jour, à chaque fois on échange deux banalités et demi. Mon corps pulse en sa présence. C'est chaud et doux. On dirait que les vaisseaux qui battent au rythme de son cœur font réagir les miens. À chaque fois qu'on se croise, je m'imprègne un peu de sa vitalité sans qu'elle s'en rende compte. J'ai emprunté Rimbaud, cette fois, c'est tellement bien foutu, vraiment canon. Je sais plus pourquoi je me suis lancé dans ce corbeau, j'ai oublié depuis le temps, une histoire de vertige de la liberté, un truc comme ça, tu parles. La dernière fois que j'ai acheté des 8.6 au petit clodo, j'ai trouvé un bidon. La base parfaite pour fabriquer un scarabée. Enfin, une chose après l'autre. Finir le corbeau, déjà. Une chose après l'autre.

Ma mère, ces derniers temps, me regarde d'un œil différent. Ça l'a tellement sciée que je réussisse à me rendre au musée qu'elle a invité Alma à prendre le café. Elle voulait que la voisine en personne certifie l'exploit. Et ce rire profond, qui l'a secouée alors. Bon sang. J'aurais été sélectionné dans l'équipe olympique qu'elle aurait pas été plus fière. Peut-être pas de curling, notez bien.

Il y a peut-être vraiment une issue.

*

J'observe Alma. En papotant, elle balance trois cuillerées de thé dans son arrogante théière en fonte. Chez moi, il y a des sachets que personne utilise, ma mère et Xavier carburent au café. J'aime son profil, son nez un peu trop long, ses lèvres fines mais taillées au laser. Hautes, ses pommettes lui donnent un air toujours décidé. Elle a cette façon marrante de sauter d'un sujet à un autre. D'une histoire de patient elle transite à une parole de chanson, parce qu'en examinant un mot, comme un joaillier couverait du regard un brillant, son esprit détale dans une autre direction. On pourrait alors croire qu'elle est légère, Alma, qu'elle sait pas se concentrer, qu'elle butine, mais tout ça est évidemment faux. Elle est restée bloquée sur ce mec, Alma, et cet état de fait est un vrai mystère pour moi. Elle explique qu'il a dû marquer ses viscères au fer rouge avant de la larguer officiellement, ou bien la marabouter. Elle en rigole. Jaune. Elle verse l'eau bouillante sur le thé des moines et je secoue la tête. C'est du gâchis, faut qu'elle tienne. Le choc, la route, la distance. Qu'elle poursuive la désintox. Elle est si jolie et elle en doute. Lorsque son sourcil droit s'arc-boute et que subitement ailleurs elle paraît dans une autre dimension, je sais qu'elle est dans le creux, au plus profond. En manque de sa dope.

Elle m'a montré Fiente en photo. Ben, qu'il s'appelle. Le mec est standard, normal, deux jambes, deux bras, une gueule dans la moyenne. Pour moi, elle l'a dans la peau parce qu'en bon enfoiré qu'il est, le gars souffle alternativement le chaud et le froid sans discontinuer. C'est à peu près tout. Je dis ça parce qu'apparemment plus elle se fait distante et plus il se manifeste. Blaireau.

Pour notre nuit étoilée je vais prétexter une expo en nocturne, ça passera crème. Ma mère est tellement heureuse que je ressemble un peu plus à un vivant qu'elle serait prête à dire oui à tout. On affine les détails à chaque fois qu'on se voit. J'ai décidé de brûler le carnet sur lequel je notais les visites. Pourvu qu'il fasse beau ce soir-là.

À Alma, je confie les mieux mais aussi les espaces sombres qui s'invitent sans crier gare. Je raconte autant les insomnies et les réveils en nage, que les entrevues avec la Frange. Elle me chambre un peu, pour la forme, assure que je devrais l'inviter à aller boire un coup. J'en suis pas encore capable. Déjà que je peux à nouveau marcher dans la rue sans piquer de suées, que je vais chez la psy, faut pas trop charger la mule. L'autre fois, en rigolant, je lui ai dit que je filerai rencard à la Frange quand elle sera capable d'effacer les photos de Fiente. Elle s'est crispée et un truc gris est passé durant une nanoseconde sur son visage. J'ai instantanément regretté ma vanne et changé vite fait de sujet. J'ai embrayé sur *L'Attrape-cœurs* qu'elle m'a poussé à lire et exprimé tout le bien que j'en pense. Puis il y avait Baudelaire, et ce poème qui parle des balcons du ciel.

Alma est plus fanée que d'habitude ces jours-ci. Alors je force le trait sur les sujets qui lui font du bien. Quand elle sourit à nouveau, qu'elle reparaît totalement, je sais que sa boule s'éloigne.

Il est pas fini le sevrage, c'est clair.

Et c'est un mec accro aux 8.6 qui vous le dit.

*

J'ai terminé le corbeau. Je l'ai verni. Ma mère va gueuler parce qu'après ça pue au moins deux jours dans l'appart. Moi j'adore cette odeur, bien agressive et qui monte à la tête. Sur le moment, au-dessus du flacon, mon cerveau file à la surface comme un bouchon de liège lesté qu'on finirait par libérer.

J'ai terminé le corbeau et je regarde l'heure. Je suis toujours étonné de constater que la journée passe à toute vitesse quand je suis occupé. Je suis pas monté sur le toit, et je tremble même pas. Il est beau avec ses quatre grandes ailes, j'espère qu'Alma le trouvera pas ridicule. J'ai bien envie d'aller sonner à sa porte. En temps normal, je passe seulement quand elle le propose, mais là, si j'attends, je suis foutu de le jeter. De manquer de courage, de me dégonfler et d'offrir à l'oiseau le local à poubelle comme seul envol.

Je suis presque arrivé à son palier quand je croise son regard. Au départ, je le remets pas, la scène est floue. Juste une vague impression de déjà vu. Un acteur, une ressemblance ? Ensuite je comprends, subitement l'info percute ma bande passante. Fiente s'excite sur la sonnette d'Alma et presque en même temps je reconnais les pas de ma mère qui claquent les carreaux de ciment, plus bas, dans les lombaires de la cage d'escalier. D'un coup, tout mon sang se jette à ma gorge comme un seul homme. Je suis furax qu'il ose se pointer ici, je voudrais lui péter la gueule. Je voudrais lui balancer ses quatre vérités, à ce connard de Fiente, l'expulser dans une dimension où il aurait plus la moindre influence sur Alma. Mais j'ai le droit de rien. D'ailleurs, lui et sa suffisance me calculent pas une seconde. J'existe pas dans l'univers de ce genre de types. Il presse une nouvelle fois la sonnette et tout ce que je peux faire c'est remonter jusqu'à chez moi, comme un putain de voleur. Juste le temps de percevoir une porte qui se ferme alors que ma mère, qui déboule de la cabine de l'ascenseur, me pousse dans l'appart, surprise de me trouver sur le palier.

Mes mains tremblent, je vais faire un tour sur mon toit.

*

La psy a pas moufté. Elle a même fait semblant de pas relever que j'allais moins bien. C'était extrême, j'ai presque eu envie de lui demander si elle se foutait de ma gueule, à faire comme si de rien. Ensuite, j'ai perçu dans ses attitudes toute la compassion que je lui inspirais alors j'ai gardé mon agressivité pour moi. Ma gorge est tellement serrée depuis quelques jours que l'air passe plus que par filets. J'ai pas recroisé Alma et de son côté elle m'a pas contacté. Une seconde, je me dis que ça signifie rien, celle d'après que c'est hyper mauvais signe. D'un coup, je bloque sur mon jean, celui-là aussi va craquer, on voit distinctement les fils distendus. Perché sur le toit, une canette à la main, je frotte. J'ai même pas apporté le Reflex, je tremble trop pour faire les réglages, de toute façon.

Qu'elle rechute, qu'elle me laisse, qu'elle démissionne. Cette foutue nuit est une vaste fumisterie mais appréhendée à deux elle avait un semblant de sens. Comment je vais gérer si Alma me lâche ? Je dors mal et suis pas loin d'accepter de prendre des médocs. Il faut que je lui parle. Si ça se trouve ça signifie rien. Ou alors c'est super mauvais signe.

D'un coup, j'y tiens plus. Je vois une silhouette, à quelques rues, tirer des rideaux sur une fenêtre et je me dis que c'est le signal, que ça sert à rien de faire durer plus longtemps le suspens. Puisqu'elle m'évite je vais aller la trouver. Rien que parce qu'elle m'évite, je dois aller chercher la vérité. La rémission ça tient à rien, en vrai. C'est fragile, précaire, en cristal, je me tourne autour tellement j'ai peur de me briser. Je toque légèrement à sa porte, entends les pieds d'une chaise crisser sur le sol et l'instant d'après Alma surgit dans l'embrasure. Elle sourit. Aussitôt je respire, tout va bien, rien n'a changé, hein. Le toit, la nuit tant attendue. Tout bientôt nos vies changeront pour de bon et on roulera vers un meilleur. Je suis rassuré, elle a bonne mine. Elle s'écarte pour me laisser entrer et prend de mes nouvelles. Elle a été super occupée, a repris la course à pied, je veux boire un truc ? Je me laisse tomber dans le canapé gris perle hyper confort et chope une revue de déco pour pas montrer que j'étais en proie à une tension insoutenable. Elle s'inquiète de moi, de mes lectures, de mes journées. À mon tour, j'ausculte ses traits, je la scanne pour m'assurer que ça va, je veux prendre soin d'elle comme elle a pris soin de moi. Tout de même, il y a quelque chose. C'est bien l'Alma que je connais, mais un chouïa plus âgée et grise que d'habitude. Ses mains enchaînent le rituel du thé avec une rapidité différente. Consciente que je l'observe, Alma perce mon regard en retour. Elle peut pas me garder longtemps, est-ce que je veux repasser demain ? Elle glisse entre mes mains un roman d'Émile Ajar, en même temps qu'une tasse sur la table basse. Je n'aurai droit à rien d'autre, ainsi est construite notre relation, prendre ce que l'autre donne. À l'os. Ça varie selon la tonalité des journées, fluctue en fonction des humeurs et de la saturation de l'air en mélancolie : je dois pas demander plus. Je le sais, elle le sait et elle sait que je sais que cette règle prévaut sur tout le reste. Seulement, c'est plus fort que moi. Et c'est pas vraiment moi, d'ailleurs. Après tout, c'est peut-être bien mon corbeau, caché dans l'entrée dans un grand sac de course qui s'exprime à ma place, qui sait. Alors, je demande tout de go si elle voit quelqu'un. D'un coup, comme ça, je pousse tranquille ma grenade vers le centre de la petite table, entre la théière et les magazines. J'enrobe le propos d'un ton badin, ça pourrait même être une blague en fait, ouais. Elle voit quelqu'un ? Dites donc, elle verrait pas quelqu'un ? Ce serait bien, après tout, qu'elle voie quelqu'un. Tant que c'est pas lui, hein, ce gros con de Fiente qui la sifflait pour la laminer ensuite, l'air de pas y toucher. Alma change, se fige instantanément. Elle pose un peu trop rapidement sa tasse, manque de la faire tomber, évalue plus les distances correctement. La pression atmosphérique a changé, on y voit moins clair, le brouillard, un fog insensé, s'est invité dans le living. Alma implore, ses yeux supplient. Non pas toi, Vadim. Pas ça, pas maintenant murmurent-ils. De grâce Vadim, tu vas pas nous faire ça, ils semblent dire ses yeux sombres. J'ai encore la possibilité de faire marche arrière, je pourrais bifurquer facilement vers tout autre chose, atterrir sur la piste des lieux communs, mais ce serait faire offense à ce truc si singulier, ce nous si franc, si sincère et entier. Renier ce qui nous lie. Alma, pourtant, semble pas comprendre que c'est justement par souci de loyauté que je nous inflige cette angoisse, que je prépare les fondations de la scène de ménage qui se profile.

Soudain, je lis sur le visage d'Alma la même compassion que la psy peut avoir parfois à mon égard. Alma me plaint, et c'est ce qui me blesse le plus, l'élément du tableau qui m'achève. Je suis à deux doigts de tout détruire, de labourer la morne plaine que, depuis la verrière, on traverse main dans la main. Une rechute, ça arrive, je souffle. Mais Alma se claquemure dans un silence tout couvert d'épines qui me laisse loin d'elle, si loin que je la vois rapetisser un peu plus chaque seconde. Je suis tenté de prendre sur moi, mais le sang pulse plus fort encore dans mes veines quand je la vois soupirer. Un long soupir de fatigue, d'incompréhension.

Alors je comprends qu'il y aura pas d'échappatoire, d'itinéraire bis, que j'ai plus d'autres solutions que d'enfoncer sa porte blindée. Alors je reprends la grenade en main, la caresse du regard avant de la dégoupiller d'un geste sûr.

*

Pourquoi tu nous fais ça, Alma ? Elle hausse une épaule, secoue la tête, s'arme dans la foulée d'un air exaspéré. Qu'est-ce qui te prend Alma ? Biaiser, mentir, je supporterai pas, et tu le sais. T'as pas le droit, Alma. Elle joint les mains et positionne l'extrémité de ses index juste devant ses narines, à la recherche d'un argument. Que tu craques, je peux comprendre, d'ailleurs flancher te rend plus humaine. Tu crois que je me descends quoi sur le toit tous les après-midi ? Tu crois que parce que je lis tes foutus romans, parce que je cultive l'espoir que tu sèmes dans mon champ de ruines, je me défonce plus ?

Elle m'a regardé différemment, comme si je venais de débarquer dans la pièce, et puis elle a examiné à nouveau sa montre et ça m'a dynamité le bide. Qu'est-ce qu'il y a ? Faut que je parte peut-être ? Je vais gêner, c'est ça ? Il arrive, le blaireau ? En fait tu le revois, si je comprends. C'était pas un coup en passant alors ? C'est quoi si c'était pas un coup en passant ? On peut savoir ? Tu me lâches, en fait ? Fini les bonnes résolutions ? Tu démissionnes ? C'est bien de ça qu'il s'agit, de ta démission ? Laisser tomber la nuit étoilée et tout le bordel, cette histoire de deuil et d'avenir meilleur ? Non, mais tu te fous de moi. Et moi, je fais quoi ? Je suis censé te laisser couler ? Sans te balancer de bouée ?

Alors Alma est sortie de ses gonds, elle s'est levée et a titubé, hébétée, surveillant à son poignet les minutes qui s'engluaient pendant que je m'encroûtais chez elle. Elle a demandé si je la fliquais, complètement hallucinant ! Elle a dit que je faisais un transfert, qu'elle était pas ma psy, ni ma mère et qu'elle avait pas de comptes à me rendre. Elle a dit que je pouvais pas comprendre, que c'était pas aussi simple que ça, qu'elle gérait et que ça me regardait pas, de toute façon. Alors j'ai laissé ma tête basculer en arrière et fixé le plafond. Et je l'ai vue, la fissure, longue et fine sur la verrière, qu'avait dû s'allonger depuis, c'est curieux. Elle m'a fait penser à une cicatrice, sinueuse et menaçante, à la fois mémoire de l'histoire et rappel sournois. Je me suis levé, j'avais plus rien à faire là, de toute manière, mais j'ai ressenti le besoin profond de la blesser avant de partir, pour toute la déception qu'elle m'infligeait, et la tristesse qu'elle nous imposait en abandonnant. J'ai balancé *La Vie devant soi* derrière moi, et elle a sursauté, puis j'ai attrapé ma parka et filé dans l'entrée. Alma m'a saisi le bras, en soufflant que c'était pour me préserver qu'elle avait rien dit, pour que je poursuive ma nouvelle trajectoire, qu'est bien plus positive que ma vie avant la verrière. Elle a ajouté en secouant la tête qu'elle maîtrisait la situation, qu'elle voulait vérifier, qu'elle se devait d'essayer, que cette fois c'était pas pareil, totalement différent. On se serait cru dans un soap, c'était risible, ou pitoyable. Les deux, en fait. Elle attendait que je comprenne, que je temporise, que je m'efface. Pause. On remet ça à plus tard. À tête reposée, on en reparle. Tu verras on en rira, c'est pas si grave, hé hé. Mais je pouvais pas. J'ai ricané et me suis illico détesté pour ça. C'était tellement pas moi mais tout à la fois la seule défense à laquelle j'avais accès sur le moment. Elle a eu un mouvement de recul, de dégoût. Pourquoi tu réagis comme ça, elle a lancé. Pourquoi, hein, pourquoi ? Tu connais les failles, les faiblesses, tu sais les douleurs, elle a repris. Est-ce que moi je te balance à la gueule que ta Valentine a jamais existé, hein ? Est-ce qu'une fois j'ai relevé à quel point tu devais aller mal pour inventer des gens et vivre plus facilement avec un mort et une amie imaginaire qu'au royaume des vivants ?

J'ai failli m'éparpiller aux quatre coins de l'appart. J'ai ricané encore une fois et attrapé le sac dans lequel j'avais rangé le corbeau. Je l'ai sorti, l'oiseau, je lui ai mis sous le nez quelques secondes, pour bien qu'elle comprenne de quoi il était question, qu'elle mesure l'étendue des dégâts à venir et le caractère définitif de la situation. Elle maîtrise ? Mon cul, oui. Je l'ai projeté au sol et deux de ses ailes ont pas résisté au choc. J'ai eu aussi mal que lui, je crois, parce que je me suis mis à saigner du nez. En essuyant le sang du revers de la main j'ai constaté qu'il y avait aussi des rigoles de larmes sur mes joues.

Échoué sur les lattes points de Hongrie, le corbeau me fixait. D'aucuns diraient qu'à cet instant il me jugeait, mais moi je sais que ça fait longtemps qu'il a démissionné, le corbac. Et je le comprends, il a foutrement raison. Définitivement déçu et désenchanté par l'espèce humaine, qu'il est.

Je les ai laissés, las, tous les deux.

Dans la cage d'escalier, j'ai bousculé Fiente qui montait.

ALMA

Il dort, Alma le dévore des yeux. Elle sonde les traits de ce visage si souvent espéré et frémit. Ici, pas question de trophée, Alma se sent simplement complète en sa présence.

Ben, comme avant, s'est endormi après leur partie de jambes en l'air. Elle reste invariablement fascinée par les mouvements qu'effectue son torse à chaque inspiration. La montée du drap, d'abord, puis cette brève pause, presque angoissante, avant la redescente dans un léger souffle. Ben s'endort, rien n'a changé. Elle prend soin de ne pas le réveiller, allant même jusqu'à abandonner le lit pour plus de précautions, incapable de sombrer avec lui. Lors de ces veillées elle a pris l'habitude de se poster sur le rebord de la fenêtre de la chambre pour s'adonner à l'inspection de la rue. Dans ces moments-là – leurs valses sont quasi chronométrées – elle espère qu'il s'abandonne profondément et oublie l'heure, mais c'est à croire que son horloge biologique est régie par la culpabilité car inexorablement il émerge, secoué par une évidence conjugale. Depuis que Ben a de nouveau franchi les frontières de sa vie, Alma s'est remise à porter une montre.

Changement considérable et non négligeable, Ben passe désormais de façon régulière. Le soir. Une heure, les jours où Alma travaille – inutile de préciser qu'elle ne traîne plus au cabinet sitôt le dernier patient parti –, un peu plus longuement le jeudi. À trois reprises, il a posé son après-midi. Ainsi ont-ils pu déjeuner comme un couple ordinaire, entrée plat deux verres d'un rouge léger café allongé avant de regagner le lit pour consommer le restant du crédit horaire. Jamais le week-end, cela va sans dire. En rechutant, Alma s'est astreinte à une nouvelle hygiène de pensée. Elle s'oblige. Ne plus poser de questions, prendre, cueillir, recevoir et donner. Les roses de la vie et tout le bordel. *De facto*, Ben se livre plus pleinement, présent tout entier entre les murs de son appartement, fantôme en dehors des dits créneaux.

Comme par le passé, Alma vit dans l'attente. Ben est redevenu son horizon. Elle a repris bien vite sa place de victime consentante et, sûrement influencée par le syndrome du même nom, prévoit des vacances à Stockholm. À chaque fois qu'il presse la sonnette, Alma repositionne docilement ses œillères, sourit et passe des moments délicieux. N'est-ce pas là le principal ?

Pour l'heure, Ben dort et Alma ausculte la rue. Les jours rallongent considérablement et elle cherche parmi les silhouettes qui grouillent quelques mètres plus bas celle qui pourrait appartenir à Vadim. Elle ne l'a pour ainsi dire pas revu depuis l'épisode dit « du corbeau ». On ne peut décemment considérer qu'entrapercevoir une ombre dans une cage d'escalier constitue une rencontre.

Cela ne devait pas se dérouler ainsi et elle regrette la façon dont elle s'est comportée avec Vadim, mais il ne sert à rien de refaire le match. Elle s'est rejoué la dispute plusieurs fois sans trouver de meilleure chute. Comment aurait-elle pu agir autrement ? Comment avouer qu'elle s'apprêtait à replonger dans la piscine alors que lui-même s'accrochait à la margelle et déployait des efforts désespérés pour rejoindre les escaliers ? Chaque jour, elle le trouvait un peu plus vivant. Alors Alma a tenté de le préserver, de le protéger. Elle frissonne et réajuste le gilet qui glisse sur son épaule nue. Elle se sait un chouïa hypocrite, il était plus facile de laisser Vadim découvrir par lui-même le changement de direction qu'elle opérait. Le résultat est le même : la date qu'ils avaient arrêtée, cette nuit lourde de sens et pleine de lune, est bel et bien révolue. Alma ne peut qu'espérer que l'ado cabossé ait eu le courage d'aller seul au bout de son deuil.

Ben bouge, métronomique. Bientôt il s'éveillera tout à fait. Pour ne pas se laisser trop miner par le proche départ de celui qu'elle aime déraisonnablement, Alma prolonge le fil de ses pensées. Vadim, et cette indescriptible relation qui s'est tricotée avant de s'effilocher à leur insu.

L'adolescent à la tignasse folle a heurté sa trajectoire. En se posant sur son toit, il a enrayé son mécanisme. Durant les semaines qui ont suivi l'atterrissage sur la verrière, Alma s'est sentie investie d'une mission. Elle a senti son cœur bondir à chacun de ses progrès, a tant aimé la qualité de leurs échanges et le moindre de leurs tête-à-tête. Et que dire de cette virée au musée. Aux côtés de Vadim, elle a repris goût à la vie en attendant que son histoire avec Ben renaisse une fois de plus de ses cendres. De cette prise de conscience elle lui est redevable, et même si elle a récidivé parce que trop faible, elle aura compris cela. Il lui aura appris cela. Alma rapproche sans bruit ses genoux de sa poitrine. Les mots qu'elle lui a salement lancés à la figure la mettent particulièrement mal à l'aise. Elle espère qu'il consulte toujours sa psy et se demande s'il a revu la Frange. Elle soupire doucement, consciente de ne pas avoir été à la hauteur de leurs ambitions. Elle jette un œil en direction du lit. Lorsqu'il entre dans l'appartement, Ben pose un regard panoramique sur le séjour. Il enlève sa veste, l'accroche au dossier d'une chaise, dépose son casque sur la table, et passe une main dans ses cheveux. Ensuite seulement il fiche ses yeux dans ceux d'Alma. Il arrive qu'ils se racontent longuement quand d'autres heures ils demeurent mutiques. Ces jours-là, le langage des corps suffit, leur fusion envahit intégralement l'espace, submerge les volumes, du sol au plafond. Le rituel de la séparation, lui, ne varie jamais, ils se quittent toujours après un long silence. Il n'y a pas de mots pour prévenir l'absence à venir, pour justifier la reprise du réel. Ils se quittent en points de suspension et reprennent la fois suivante les pointillés de cette mauvaise comédie de mœurs. Il leur faut tenir la distribution afin de prolonger l'ivresse. Tenir les rôles, c'est la condition *sine qua non*.

Ben remue, tourne la tête vers la gauche, puis la droite, les secondes sont désormais comptées. Alma s'imprègne du tableau, il est beau, il est presque à elle. Il est revenu, plus attentif qu'il ne l'a jamais été. Il a eu peur de la perdre, elle a chèrement regagné quelques points. Ben ouvre un œil et sourit. On y est cette fois, dans quelques minutes le rideau tombera sur une nouvelle journée. Il fonce sous la douche, se rhabille rapidement puis s'approche d'Alma. Il l'étreint fort et l'embrasse doucement, sur les lèvres, d'abord, puis le menton, les joues, les tempes. Il emprisonne son visage de ses mains, presse son front contre le sien. Elle frissonne à chaque fois, quelque chose de reptilien, qui vient de loin. De la tête aux pieds. La seconde qui suit Ben a déplacé le curseur de la journée. Alma le sait. Déjà, dans son esprit, il est chez lui, avec son fils et sa femme, il balance ses clés sur le guéridon de l'entrée et saisit le courrier, il claironne je suis rentré.

Le manteau sur le dos et le casque à la main, il ne se retournera pas.

Il ne s'est jamais retourné pour concéder un dernier regard.

Ben ne vit pas dans une comédie romantique.

Il a une vie bien remplie et une maîtresse.

Constat. Simple constat. Mais constat quand même.

*

Alma lance un épisode de série sur son ordinateur tout en gardant son téléphone à portée de main. Ben se manifeste peu, mais sait-on jamais. Cette fois le contrat a changé, c'est certain, il se livre davantage maintenant qu'elle n'interroge plus. Alma laisse sa tête s'enfoncer dans l'oreiller, il aura fallu qu'elle le pousse à bout, dans d'ultimes retranchements. Quel culot il a eu de se pointer à l'inauguration, Sidonie n'en est toujours pas revenue. Alma sourit, culotté, mais pas étonnant quand on connaît le personnage. Ben est de la race de ceux qui prennent, de ceux qui se servent, alors tout naturellement il est venu sommer Alma de s'expliquer. À dire vrai, elle a été impressionnée qu'il sorte au grand jour et délaisse son habituelle réserve.

Depuis qu'il est revenu, Ben donne plus qu'il n'a jamais donné. Alma entrevoit qu'elle compte. Elle le perçoit dans ses gestes qui ont une ampleur différente et dans le choix des mots qu'il emploie. Alma fixe cette reproduction de *La Nuit étoilée* qui a tant ému Vadim. Elle se demande si Ben apprécie Van Gogh. Inutile de se mentir, elle ne connaît pas le Ben du quotidien. Peut-être marchande-t-il avec excès et de façon gênante dans les souks de Marrakech, possiblement se montre-t-il radin avec leur baby-sitter et même carrément condescendant avec le personnel hôtelier.

Les scènes de l'épisode s'enchaînent et déroulent les actions séquencées. New York. Bar, intérieur nuit. Un couple de trentenaires a donné rendez-vous à une call-girl. Il est question de voisins qui les auraient repérés. Alma décroche, renonce aux sous-titres, son regard glisse vers une pile de livres. Elle avait pris l'habitude de sélectionner des romans pour Vadim. L'adolescent fait preuve d'une sensibilité et une maturité littéraire surprenantes. Quel gâchis, elle appréciait leurs discussions à bâtons rompus et les remarques pertinentes qu'il exprimait sans filtre, avec toute la sincérité dont on est capable lorsqu'on se sent pleinement en confiance. Alma se lève, déniche une caisse de bois vide, y case les livres et sort une petite carte du tiroir du secrétaire. Elle inscrit le prénom de l'adolescent en majuscules, s'applique comme si le fait que les lettres soient droites et les espaces qui les séparent uniformes avait une quelconque importance. Elle hésite sur la forme puis se décide. Elle posera la caisse à côté de sa propre porte. À la différence de sa mère et de son beau-père Vadim ne prend jamais l'ascenseur, il tombera forcément sur les livres qu'elle lui destine.

Paris. Intérieur nuit. Alma retrouve le bar new-yorkais, le couple en pleine cellule de crise et sa couette. Elle vérifie son téléphone. Ben se manifeste peu, mais sait-on jamais. Jamais le week-end, ça va de soi.

*

Il y a tout d'abord eu cette dispute silencieuse, cette joute avec les yeux. À propos d'une bêtise, un sweat à capuche ayant appartenu à un autre et qu'Alma a exhumé d'un placard. Ben n'a rien dit, mais froncé et fusillé. Alma a ravalé un accès de colère, pourtant la digestion s'avère plus difficile qu'elle l'imaginait. À l'occasion d'une lessive, elle a préalablement rangé le sweat pour finalement décider de le laisser en évidence. Par moment un goût métallique s'épanouit dans sa bouche, probablement la saveur de la rancœur. Elle commence à lui en vouloir de la situation et désormais a du mal à s'endormir. Elle voudrait qu'ils partagent une nuit de temps à autre. Les livres n'ont pas bougé de la caisse qui elle-même n'a pas décollé du palier. Alma en veut également à Vadim d'ignorer sa main tendue.

Ben a téléphoné, il est contraint d'annuler. Un jeudi qui plus est, et qui dit jeudi dit déjeuner, dit plus de temps, pour se toucher, désamorcer, apaiser les tensions qui montent plus rapidement ces derniers jours. À croire que leur deuxième lune de miel est déjà en train de s'éteindre. Il a failli céder sur une nuit, mais s'est ravisé. Alma monte sur le toit, sur un coup de tête. De l'appréhension plein les cellules. Le fait de se rendre là-haut en douce déjà, et puis, peut-être, tomber sur Vadim. La porte n'est pas verrouillée mais l'endroit désert. La veille, elle a croisé la mère de l'adolescent, souriante et égale à elle-même. Alma s'est contentée de quelques banalités. Vadim n'est certainement pas entré dans les détails, alors peut-être imagine-t-elle que son fils lui rend toujours visite.

Alma s'adosse à la grosse cheminée et contemple les nuances de toits. Il fait beau et chaud, dommage qu'il n'y ait suffisamment de place pour s'allonger. Son cerveau se vide peu à peu de ses brumes, elle a l'étrange sensation, ici, de penser plus haut, ou plus fort, difficile à dire. Elle doit se rendre à l'évidence, la vie que Ben mène loin d'elle l'impactera toujours. Elle aura beau faire, dire ou se persuader, il lui faut composer avec cet axiome, aussi urticant soit-il. Alma avise la glacière cachée dans un recoin, l'ouvre, elle est vide. Elle se réinstalle en se rongeant l'ongle de l'index, songeuse.

Pourtant incapable de vivre autre chose, Alma entrouvre les yeux. Rien de nouveau sous le soleil de ce début juin. Elle se masse le ventre. C'est la poche qui contient le temps perdu en ruminations qui vient de se rompre. Le PH du liquide est acide, il semblerait qu'il ronge les organes alentour. Cela dit, la zone du déni s'érode mais tient bon. Alma le sent, elle repart allègrement pour un tour de spleen. Elle perçoit le retour du cortège de sentiments négatifs, pourvu qu'ils n'éclipsent pas les moments de grâce.

Alma observe une querelle de pigeons, signe qu'il est temps pour elle de quitter ces lieux. Dans un coin de la gouttière, elle remarque un cendrier et s'étonne. Elle ne savait pas Vadim fumeur. Elle se lève pour retrouver une altitude plus raisonnée. Devant sa porte close, la caisse de livres brille par son absence et cette constatation lui réchauffe le cœur.

*

Auparavant, elle courait pour ne plus penser, aujourd'hui elle sprinte pour tenter de réfléchir. Des questions qu'elle ne doit pas s'autoriser lui brûlent de plus en plus fréquemment les lèvres. Est-il seulement heureux avec elle ? Sa femme a-t-elle des aventures de son côté ? Est-il un père présent ? Alma s'interdit de fouiller ses affaires lorsqu'il prend une douche. Elle est chaque fois tout près de passer à l'acte, mais se retient *in extremis*. Elle le regarde partir, démarrer sa moto, l'imagine la loger dans le garage, la troquer le week-end pour un SUV ou un 4×4 dernier cri. Peut-être trouve-t-on sur une étagère un attelage amovible permettant de transporter leurs vélos.

Ses articulations semblent rouillées, son corps résiste, il a apprécié cette période de répit. On l'a d'ailleurs plusieurs fois complimentée sur les quelques kilos pris durant la trêve. Ses joues sont moins creuses, sa poitrine plus pleine. Qu'elle s'élance sur les trottoirs ou qu'elle foule les allées du parc Monceau elle imagine Ben en famille. Ça prend une tournure obsessionnelle et finit par déborder sur le reste de la journée. Ça coule, se répand sur les heures passées au cabinet, sur les temps de repas, et un peu aussi sur les moments qu'ils partagent. Elle les rêve tous les trois, fantasme leur quotidien. Il y a longtemps qu'elle a assimilé sa femme et son fils aux figurants de cette publicité pour un crédit à la consommation aux taux défiant l'entendement. Qui s'occupe chez eux de réserver les vacances ? Ont-ils opté pour une location au Cap Ferret ou un séjour sportif à la montagne ? Elle n'ose pas aborder le sujet estival et se demande si Ben se résoudra bientôt à le faire. Comment vivra-t-il cette séparation ? En souffrira-t-il autant qu'elle ? Elle n'a pas répondu à Sidonie qui, comme chaque année, propose de l'embarquer dans son fief breton. Son pied accroche le rebord d'un trottoir. Quelles conséquences son existence peut-elle avoir sur le couple de Ben ? Le pire est qu'il n'est pas inconcevable que les effets secondaires soient positifs, que leur relation constitue une échappatoire pour le couple légitime et une soupape pour le père de famille. En pleine course la boule revient.

Alma stoppe net, titube jusqu'à un banc. Elle est complètement conne. Elle savait tout cela, et depuis le début, qui plus est. Alma ne parvient pas à expliquer pourquoi elle se satisfait de cette moitié de relation devenue si douloureuse. Elle n'a pas d'éléments de réponse, impossible d'envisager une vie sans, c'est aussi bête que ça.

Alma se voit dans les yeux des autres et l'image qu'elle perçoit est floue.

Alma interroge le grand miroir du hall de l'immeuble, elle y croise une femme terne et sèche. Elle a mille ans. Tout ça pour ça. Tout ça pour quoi. De toute façon, Ben se comporte curieusement, il paraît sur la défensive. Ils marchent sur des œufs. Elle laisse ses affaires de sport sur le sol de la salle de bains et plonge dans la baignoire. Elle trouve le message de Ben lorsqu'elle termine de se sécher : il annonce vouloir lui parler.

*

Elle n'a pas fermé l'œil. Sensation d'être ligotée sur une voie ferrée dans l'attente d'un TGV qui ne passe pas. Ben arrive, entre, garde le silence. Ils se tournent autour, se jaugent et s'évaluent. Ben se dégonfle un instant et tente une approche pour désamorcer physiquement la crise, mais Alma s'y refuse. Sa colère monte par surprise, c'est la boule qui parle, intimant à Alma la nécessité d'évacuer le trop-plein de non-dits, de tirer le voile sur tout ce qui est toujours tu, tout ce qu'elle avait accepté d'accepter mais qui maintenant brûle.

Ben encaisse, reçoit les coups. Les absorbe. Il déglutit, rougit, bafouille, Alma le trouve soudain terriblement touchant. Aussitôt la boule, décidément hormonalement pilotée, opère un retrait. Alma se sent tellement fatiguée… Ses épaules pèsent des tonnes. Elle est à deux doigts de capituler, mais contre toute attente Ben rompt le silence compact qui s'est installé. Il propose plus. Tu voulais des nuits ? Tu auras des nuits. Sous les sorties, mon chat, tu crouleras, et des week-ends à la pelle tu auras. Lorsqu'il relève la tête, ses yeux sont pleins d'un défi nouveau. Ils iront passer un week-end à Berlin. Ou Rome, c'est tellement sympa Rome. Tu préférerais Rome ? Alma s'inquiète, il aurait fondu un câble ? Lancée sur le chemin des questions, elle poursuit, tique et s'étonne. S'est-il passé quelque chose ? A-t-*elle* découvert la situation ? Ben se fige, se ferme, trouve le refuge de ses mains. Il n'est plus en couple. Il n'a pas d'enfant.

*

Comme Ben n'est plus contraint de retrouver son foyer fictif, ils passent la nuit ensemble. Attention, que tout soit clair, ça n'a pas toujours été vrai. Il a longtemps vécu avec une femme, laquelle avait un enfant. Deux ans environ qu'il est célibataire. Quelque chose dans ces eaux-là, quoi qu'il en soit. Cela semble visiblement très difficile à expliquer et Alma, muette depuis l'annonce, peut tout à fait croire cela. Ou ne pas le croire, tout dépend de quel côté de l'insensé on se positionne. Ben serait donc célibataire et sans enfant. Nullipare, si le terme seyait à la gent masculine. Nul calcul de sa part, une protection, disons. Ils se sont connus alors qu'il était dans la situation sus-nommée, alors bêtement, très très bêtement oui, il a omis de la tenir informée du changement de contexte. C'est aberrant et lamentable, il le concède, mais aussi simple que cela. Et puis le temps a passé, et ensuite comment rectifier le tir ? Ça fait des jours qu'il rumine. La tête d'Alma bouge sans qu'elle imprime volontairement de mouvement à celle-ci. Il en avait soupé de la vie de couple, il pensait que l'amour au quotidien c'était du flan, il a voulu, croit-il, les préserver de la banalité. Il est désolé, vraiment, il se sent merdique. Alors oui, depuis qu'il est célibataire il s'est servi de ce stratagème, une vie préventive pour ne pas se retrouver envahi, sauf que maintenant il ne veut plus de ça, il a eu peur de la perdre et sent qu'elle s'éloigne et se lasse. Sauf que cette fois il a envie de plus, il croit bien que l'amour s'est invité dans son bunker. Il veut tout d'elle, tout entière il la désire, le bon et le moins bon. Il est désolé, désolé, désolé.

Alma n'a pas crié, Alma n'a pas pleuré. Pas de rugissements, aucun coup, absence totale de rires nerveux. Alma est sidérée, son cerveau a visiblement rendu son tablier. Il a pris un aller simple pour Cancun et enchaîne présentement les cocktails. Dans son ventre, il y a de l'écœurement, une once de stupéfaction, un soupçon de soulagement et de l'essence de joie.

Quand Ben a eu terminé son plaidoyer, ils ont fait l'amour. Pas baisé non, l'amour, comme s'ils se touchaient pour la toute première fois. Un goût de découverte, comme s'il n'y avait pas de passé, comme si la femme et l'enfant de Ben ne se terraient pas dans le placard de la chambre. Ben a quitté l'appartement en lui faisant promettre de ne pas hâtivement tirer de conclusions.

Alma se poste à la fenêtre, un thé à la main. Quoi qu'il se passe, quoi qu'il arrive, les rues grouillent, la ville bouillonne. La vie continue. Elle le souhaitait pour elle seule, elle l'a. Elle voulait des week-ends et des nuits, elle ploiera sous les opportunités. Bientôt, si elle le décide, leur agenda dégueulera de dates cochées. Encore un verre avec tes potes du rugby ? Ta sœur aimerait qu'on les rejoigne à Orléans pour Pâques ? Berlin, ou Rome si elle préfère. C'est tellement cool Rome. Des moments en public et des dîners au restaurant, et dès ce soir si elle en émet le souhait. Ben s'est libéré de son secret, il ne savait pas comment s'en sortir. Alma pense à sa femme et à son fils, elle les a tant imaginés qu'elle peut les décrire. Elle a du mal à croire qu'ils ne sont pas vraiment de ce monde, c'est étrange, elle ne peut en faire le deuil. Ben pensait-il à son ex et à ce petit garçon, toutes les fois qu'il annonçait qu'il était temps pour lui de rentrer ?

Il s'est présenté penaud à sa porte aussitôt sa journée de travail expédiée. Alma le sonde. Elle n'a pas encore décidé, a bien du mal à articuler quelques mots. Il se prend la tête entre les mains, se sent mal, elle en a conscience. En même temps, c'est la moindre des choses. Elle hésite. Il la dégoûte encore un peu mais Alma choisit d'accueillir l'émotion qui domine : elle se sent forte, comblée et grisée.

Elle plonge du tremplin de dix mètres.

Il pourra rencontrer ses parents et ses amis.

Ils vont enfin vivre.

*

Ben a insisté, il souhaitait qu'elle découvre son appartement. Tout cela est tellement singulier, l'adresse qu'elle avait glanée sur le Net n'est pas celle du pavillon qu'elle fantasmait, mais celle de son cabinet d'architecture. Il vit en réalité dans le 11e. Elle presse brièvement la sonnette et il ouvre aussitôt. Il est nerveux, sa jugulaire donne le tempo, le stress branche la guitare et l'anxiété accorde la basse. Alma pénètre dans l'antre du célibataire, du faux mari, du papa de carton. Elle retient un fou rire. L'endroit est à mille lieues du foyer qu'elle l'imaginait retrouver chaque soir. Ben, conscient que ce moment est un passage délicat de leur relation, a la politesse de faire profil bas et l'intelligence de laisser Alma digérer l'instant. Elle détaille l'endroit longuement puis se retourne, ausculte Ben de haut en bas et se blottit finalement dans ses bras. Elle ne pourrait pas être plus heureuse. Vrai ? Vrai. Elle se laisse tomber sur un canapé défoncé et inventorie l'intérieur de cet inconnu qu'elle connaît si bien.

*

Ben lui a donné rendez-vous près d'un chantier qu'il termine. Il converse avec deux hommes et la présente comme sa petite amie. Ses collègues rebondissent, plaisantent, il est intarissable à son sujet. Alma en reste sans voix. Elle aurait existé durant tout ce temps ? Alors qu'elle jalousait les deux spectres de la publicité ? Elle glisse sa main dans celle de Ben, s'y agrippe. Il est solide, elle peut se reposer sur lui.

Peu à peu, elle l'intègre à son quotidien. Chaque étape lui procure le sentiment d'être jeune mariée. Alma a tenté d'expliquer à Sido la situation en arrondissant au maximum les angles, mais rien n'y a fait, son amie lui intime de rester sur ses gardes. Un connard, nonchalant ou non, reste un connard. Une petite voix sarcastique qu'elle voudrait étouffer martèle que, comme le théorise Céline Dion, on ne change pas, on enfile juste les costumes d'autres sur soi.

Ben dort une nuit sur deux à l'appartement. Alma se rend peu dans le sien, trop éloigné du cabinet. Elle sursaute quand par mégarde elle verbalise un nous, pas encore pleinement persuadée du fait. Ben a lancé, sans avoir l'air d'y toucher, qu'un jeu de clés se révélerait pratique. Alma s'est sincèrement étonnée de ne pas l'avoir encore proposé. Elle a souri, elle s'en occupera.

Aux matins des nuits passées ensemble, elle le touche. D'abord le ventre, le torse, puis le visage. Il rit de ce rituel et elle répond, un peu vexée, qu'elle a besoin de s'assurer qu'il est bien réel et physiquement présent. Alma s'étonne qu'il semble déjà avoir oublié l'énormité de ce qu'il lui a imposé. Ces jours-ci, elle pense moins à la femme et à l'enfant de la publicité pour le crédit à la consommation. Bientôt, ils disparaîtront tout à fait. Sans doute rejoindront-ils Cerise de Groupama et cet homme très souriant de CarGlass dans un gîte en Lozère. Elle rit sous cape, regrette de ne pouvoir partager les plaisanteries qui lui viennent à l'esprit.

*

Elle se réveille encore en sursaut. Elle imaginait passer des nuits plus sereines en partageant son lit, mais c'est loin d'être systématiquement le cas. Il est là, qui rêve près d'elle, qui parfois pose une main sur son ventre avant de la récupérer pour l'enfouir sous l'oreiller. Il est là qui croit en eux. Eux, qui passent à une autre phase de leur relation. Une phase qu'elle espérait, forcément, sans pour autant y croire réellement.

Alma roule sur le flanc et suit les lumières

mouvantes, les phares des voitures forcent les interstices des volets. Elle pense à sa femme, mais Ben n'a pas de femme. La vie est stupéfiante. En fin de journée, la caisse de livres a retrouvé son palier. Vadim a glissé quelques impressions de lectures dans chaque ouvrage. Une joie sincère s'est alors propagée dans son corps. Elle ferme à nouveau les yeux, mais délire encore. Un jeune garçon se dandine sur les épaules de Ben. L'imprudent bambin manque de perdre l'équilibre, heureusement qu'il peut compter sur ces deux puissantes mains pour lui éviter le pire. Elle se voit souscrire des crédits à la consommation, quel taux, c'est une folie. La personne qui lui tend les documents a évidemment les traits de la femme que Ben n'a pas, ou plus, on ne sait plus non plus. Ce soir, après l'amour, Ben a parlé enfants et son ventre s'est réchauffé. Elle se demande s'ils l'appelleront Pierre. Dans la publicité qu'elle connaît par cœur, le petit garçon se prénomme ainsi et ça lui va bien. C'est joli Pierre. Solide, fiable, intemporel. Qu'elle aime cette cicatrice, juste posée au coin du menton. Elle a envie de s'inscrire à une course, a enfin compris qu'elle fonctionne au challenge. Un semi-marathon. Quelle curieuse sensation que de toucher du doigt l'objectif si longtemps convoité. Sentiment de plénitude qui fatalement s'évapore trop vite. Certes, l'incertitude est angoissante et globalement insupportable, mais elle porte en son sein un joli lot d'imprévus, et avec eux tout un assortiment de moments magiques. Ça n'a pas de prix. Les chemins balisés, eux, éloignent systématiquement de l'inattendu qui peut s'avérer sublime.

Ne parvenant définitivement pas à trouver le sommeil, Alma gagne une nouvelle fois le rebord de la fenêtre, son perchoir. Elle a tant voulu cette histoire, pourquoi se mettre à douter maintenant. À croire que l'esprit désire à toute force lorsqu'il est empêché.

*

Elle a prétexté un mal de ventre pour décliner cette proposition de verre en terrasse. Elle ressent un impérieux besoin de souffler. C'est donc seul et triste que Ben s'en est allé rejoindre son groupe d'amis.

Chaude soirée de juin, il fait encore jour. Le ciel s'étire de cette lumière indescriptible que revêtent les soirs d'été. De la fenêtre, Alma suit la course des nuages. Ils masquent par intermittence la lune déjà visible. Qu'ils sont forts leurs souvenirs communs, si intenses, dans la joie comme dans la douleur. Les souvenirs ont leur vie propre, leur écosystème. Ils se construisent, se remanient, varient, réalité et fiction se mêlent pour ne laisser en guise de traîne que des ressentis très subjectifs.

Rien de plus facile que de se bercer d'illusions, alimenter remords et regrets. Enjoliver la vérité, déformer, réécrire.

Alma examine la lune. Elle est dans son premier quartier, fine et assez peu lumineuse pour l'heure. Le ciel se voile, le temps pourrait bien tourner à l'orage. Les évidences n'existent que par la croyance qu'on leur porte. Certaines s'écroulent quand d'autres s'imposent.

Elle a les cartes en main.

Elle consulte l'heure.

Elle est en train de tout gâcher.

Elle est en train de tout saboter.

Il est encore temps d'y aller.

VADIM

Je mate une connerie à la télé sans prêter la moindre attention à ce qui se passe à côté. Tom est collé à moi, et quand je dis collé c'est collé. Depuis quelque temps, il a pris l'habitude d'empiéter sur mon périmètre. Des fois, c'est simple, je sais même pas, de lui ou de moi, qui soupire. J'ai bien essayé de me décaler dans le canapé, mais c'est peine perdue. Il y a de la glu dans l'ADN de ce gosse, alors je capitule. Je suis « saouleux », dirait ma mère, saoulé et heureux de cette relation qu'on apprivoise mon frère et moi, enfin surtout moi. Ce lien un peu envahissant c'est comme un animal sauvage qu'il faudrait rassurer au maximum avec le risque qu'il nous chique la main de temps à autre. La télé vomit une émission débile où des abrutis se sont lancé le défi d'enchaîner obstacles mouvants et glissants en un temps record. Leur but, à eux, c'est de passer la ligne d'arrivée. Notre but, à nous, téléspectateurs ricanants et censément peu cortiqués, c'est de bien nous foutre de leur gueule quand ils chutent et/ou se font mal, c'est-à-dire toutes les trois secondes, environ. Des fois il y a des fractures, c'est dantesque. Divertissant et relaxant à outrance. Ça repose mon cerveau qui tourne suffisamment du reste.

Je prête pas attention à ce qui se passe à côté, à peine si je capte que quelqu'un est entré dans l'appartement. Mais je reconnais sa voix pour finir, et le sang, d'un coup, fait rudement battre mes tempes. Ma mère m'appelle et je mets un certain temps pour recouvrer mes esprits. Je suis en colère contre elle, et à la fois j'ai peur de ce qui va se passer, de ce qu'elle me veut, alors je bouge jusque dans l'entrée, comme un automate et plus ou moins en apnée. C'est bien elle, pas une de mes hallucinations, cette fois. Je me dis que ça doit avoir un rapport avec les livres, je me demande si j'ai fait une connerie, si j'en ai oublié. Mais non, elle paraît détendue. Bon, en réalité elle fait comme si, hein, je la connais, faut pas déconner, mais elle donne plutôt bien le change. J'arrive pas à entendre ce qui se dit parce que l'émotion fait que les informations restent bloquées à mes oreilles. Ma mère répète un truc et je réponds oui, oui, par réflexe. Enfin, à force d'efforts, j'émerge du brouillard et reprends le dessus. Alma s'embourbe dans un monologue envahissant, à base d'exposition nocturne oubliée et d'intérêt artistique. Je vois ma mère qui sourit en retour, elle secoue exagérément la tête pendant que Xavier retourne bouquiner dans son fauteuil, en mode absolument pas concerné par la situation.

— Ce soir ? je dis.

Alma confirme d'un timide mouvement de tête, et ma mère me tend le sweat que j'ai abandonné plus tôt dans l'entrée. Tout juste si elle me fout pas dehors. Tom vient m'embrasser et dans la foulée il adresse un petit salut à Alma qui, d'un coup, manque de tressaillir. Il est temps.

*

La nuit tombe sur les toits de Paris. Les balcons du ciel nous accueillent à bras ouverts.

La lune n'est ni pleine, ni particulièrement lumineuse et on met une bonne plombe à atteindre l'endroit envisagé par le passé parce qu'Alma est en ballerines et qu'elle perd ses pompes assez souvent.

La lune n'est pas pleine et il y a même pas spécialement d'étoiles.

Et puis, adossés à une grosse cheminée, on partage bien plus que le silence qui s'impose.

Le ciel est salement voilé, on distingue même pas la Grande Ourse et le croissant se fait plus discret de minute en minute. Manquerait plus qu'on se prenne une saucée. Quand je vois Alma sortir son téléphone et effacer une à une les photos de

Fiente, je me dis qu'il est temps pour moi d'inviter la Frange à boire un café.

C'est pas du tout le bon soir, pas du tout les bonnes conditions.

Pas du tout ce qui était prévu, mais on s'en cogne carrément grave.

Peu importe. Pour nous deux il est temps.

Temps de regarder de l'avant.

REMERCIEMENTS

Je voudrais dire merci aux personnes qui m'aident à vivre dans un monde adouci par les livres. Aux lecteurs, aux blogueurs, aux libraires, mais aussi à celles et ceux croisés pendant l'écriture de ce roman.

Remercier mes éditeurs : Julie Daniel pour son œil affûté, sa gentillesse, ses remarques et conseils si précieux. À Arnaud Le Guern, si enthousiaste à la lecture du manuscrit, un très indispensable merci, son regard m'a permis de lever quantité de filtres et travailler le texte plus avant.

Les équipes des Éditions du Rocher.

Les professionnels du livre, auteurs ou amis, qui se sont trouvés sur le parcours de ce roman et qui ont eu des retours si touchants pour l'auteur que je suis et pour les rêves que je poursuis. Merci donc à Sylvaine Rouvier, Marie Halope, Mathou, Jessica Cymerman, Perrine Bréhon, Anne-Charlotte Sangam, Caroline Michel, Constance Trapenard, Camille Anseaume, Sophie de Baere, Agathe Ruga, Delphine Roché, Jeanne

Saint-Just, Florence Lottin, Alexandrine Duhin, Franck R.-G., Grégoire Delacourt, vos mots ont énormément compté.

Marie Vareille, mon amie, ma comparse, merci à toi d'être là en toutes circonstances.

Mes indispensables Bertignac, Serena Giuliano, Virginie Grimaldi, Cynthia Kafka pour tout et tout le reste. Oui, et aussi pour ça.

Un clin d'œil particulier à mes amies épicées, Julie, Julie, Carole et Audrey. Merci d'être machiminales avec autant de constance et de ferveur.

Mes complices d'écriture Isabelle Alexis, Tonie Behar, Adèle Bréau et Marianne Lévy.

Mes parents. Affectueuses pensées. Merci pour le regard bienveillant que vous avez porté sur ces écrits.

Aux miens, Raphaël, Margaux, Titouan, Gaspard et Joséphine, l'encre de tout.

Pour terminer, si je ne devais conserver qu'un seul merci, il bondirait de toit en toit jusqu'à eux. Vadim et Alma. Évidemment. Je vous aime tellement. Portez-vous du mieux possible.

DE LA MÊME AUTRICE :

Sous le nom de Sophie Henrionnet :

Drôle de Karma ?, City, 2014
Vous prendrez bien un dessert ?, Daphnis et Chloé, 2015
Tout est sous contrôle, Charleston, 2016
Qui veut la peau d'Anna C. ?, City, 2017
Plus immortelle que moi, Éditions du Rocher, 2021

Scénariste de roman graphique :

Et puis Colette, Delcourt, 2018

Sous le nom de Sophie Rouvier :

Comme une éclipse, Fayard, 2022

